Betina Ewerbeck

Der Sternmaler

Märchen, die Mut machen

Herder
Freiburg · Basel · Wien

Umschlagbild:
Andromeda, Ignoto, Sala del Mappamondo,
Villa Farnese di Caprarola, 1575.

Alle Rechte vorbehalten – Printed in Germany
© Verlag Herder Freiburg im Breisgau 1992
Herstellung: Wilhelm Röck, Weinsberg 1992
ISBN 3-451-22908-0

Inhalt

Vorwort 7

Der Sternmaler 11

Die blaue Blume 17

Der Bursche mit den drei Köpfen 21

Die Nachttaube 32

Die Seelenmesse 42

Die Zangenvögel 54

Das Kartoffelmännchen 67

Der schwarze Zweig 83

Der hartherzige und
der gutherzige Bürgermeister 100

Der Feuervogel 110

Das unheimliche Haus 125

Das Märchen vom Falkenstein 136

Gespensterbäume 145

Die Meerjungfrau 156

Vorwort

Märchen werden nicht erdacht, sondern wachsen im Innern wie Schilf in einem Teich, unmerklich, langsam, aber stetig, bis sie eines Tages da sind und niedergeschrieben werden wollen.

Es gibt allerdings Beweggründe: unvergeßliche Erfahrungen, wunderbare Geschehnisse, ungestillten Schmerz und Kummer, nicht bewältigte Schwierigkeiten und unerfüllte Wünsche, die in versteckter Form ans Licht des Tages drängen.

Mit den Märchen wird das Unterbewußtsein angesprochen, eine tiefe Schicht im Innern des Menschen, die im täglichen Leben nicht zum Tragen kommt, aber nach Nahrung hungert! Im Märchen gibt es die ersehnte Harmonie, den Balsam für die Wunden und in der Not immer einen Ausweg. Das Märchen bringt die Botschaft von der unendlichen Glückseligkeit und dem Sieg des Guten, Wahren und Schönen.

Von ihrem Zauber geht eine belebende Kraft aus, die oft notwendiger sein kann als alle Medikamente. Denn Märchen können wirklich die Sterne vom Himmel holen, wenn die Welt allzu düster, das Leben zu mühselig erscheint. Sie können Glanz ins Leben bringen, Menschenherzen öffnen und mit neuer Zuversicht erfüllen. Sie helfen, die Welt zu verzaubern, damit all das Schwere, das wir zu tragen haben, uns nicht erdrückt. Wer sich der heilenden Kraft der Märchen anvertraut, wird bald auch in sich wieder neuen Mut fühlen und den tröstlichen Klang vernehmen, der stets aus einer anderen Welt zu uns herüberweht.

So ist Märchen-schreiben und Menschen-heilen für mich als Ärztin nicht weit voneinander entfernt. Beide haben die gleichen Wurzeln: den Menschen helfen zu wollen, sie zu stärken, ihnen den Glauben an das Leben wieder zu geben und die Gewißheit, daß es außerhalb dieser Welt noch etwas gibt, das uns begleitet, beschützt und uns nicht allein läßt.

Wie diese Märchen entstanden:

Als der Krieg zu Ende war, flüchtete ich mit drei Kindern in ein kleines bayerisches Dorf und übte dort eine ärztliche Praxis aus. Meine Kinder waren noch klein – ein, drei und fünf Jahre alt –, und so erzählte ich ihnen des öfteren selbsterdachte Märchen.

In dieser Zeit, 1945, gab es keine Märchenbücher, sie waren sogar von der Besatzungsmacht »wegen Grausamkeit« verboten worden. Da erschien eines Tages in der Regensburger Zeitung ein Aufruf des Schriftstellerverbandes: Wer sich in der Lage fühle, Märchen zu erzählen, solle sich melden und den Kindern in Regensburger Schulen Märchen erzählen. Da meldete ich mich und fuhr dann längere Zeit, einmal wöchentlich, nach Regensburg und erzählte dort in einer Hauptschule an einem festgesetzten Tag Märchen. Mein dreijähriger Sohn Götz wollte mit dabei sein, so nahm ich ihn mit. Er saß in der hintersten Reihe der Schulklasse, während ich vorn Märchen erzählte. Wenn ich aber von der ihm bekannten Fassung in einer Einzelheit abwich, rief er sogleich laut in die Klasse: »Das stimmt nicht! Die Nase reichte bis zum Kinn!« So lernte ich, wie man Märchen erzählen muß. Damals schrieb ich als erstes das Märchen vom Falkenstein.

Olching, Mai 1992   *Betina Ewerbeck*

Der Sternmaler

*I*m Atelier eines hohen Hauses stand ein armer Maler am Fenster und blickte hinaus. Es war Heilig Abend und draußen leuchtete ein herrlicher Sternenhimmel. Aber der Maler hatte nichts zu essen, und der Raum war dunkel und kalt.

Traurig dachte er: »Warum kann ich nicht malen, was den Menschen gefällt, warum kann ich nicht auch einmal ein Bild malen, das die Menschen kaufen?«

Und wie er so auf den Sternenhimmel sah, kam ihm ein Gedanke:

»Ich male die Sterne. Was kann es Schöneres geben?« Und er machte sich gleich ans Werk.

Kaum hatte er einige Sterne auf die Leinwand gemalt, da klopfte es. Es war der Hauswirt, der seine Miete wollte.

»Zwei Jahre habe ich nun schon gewartet«, polterte er, »aber jetzt ist meine Geduld zu Ende. Her mit der Miete, oder ihr müßt ausziehen –«.

Während seiner letzten Worte hatte er das Bild erblickt, vor dem der Maler stand, und hatte die Sterne darauf gesehen. »Oder«,

fing er wieder an, »ihr könnt mir auch so ein Sternenbild geben.«
Der Maler drehte sich zur Staffelei um und wunderte sich.

»Alle Sterne kann ich euch nicht geben«, sagte er, »doch ich will euch einen abschneiden«. So nahm er eine Schere, schnitt ein Rechteck mit einem Stern aus der Leinwand aus und gab es dem Hauswirt.

Dieser nahm das Quadrat mit dem Stern sorgsam in die Hand und ging die Treppe hinab.

»Meine Frau wird sich gewiß freuen«, dachte er, »unser Tannenbaum hat noch keinen Stern an der Spitze.«

Der Maler wandte sich wieder dem Bild zu und malte weiter.

Kaum hatte er eine Viertelstunde gemalt, da klopfte es wiederum.
»Ach«, seufzte der Maler, denn er ahnte nichts Gutes.

Wirklich, es war der Schneider, der ihm den Wintermantel gemacht hatte, das einzige warme Stück, das er besaß.

»Ihre Rechnung ist noch nicht beglichen, mein Herr«, sagte der Schneider mit scharfer Stimme. »Ich kann nicht länger warten, ich brauche mein Geld.«

Der Maler wußte nicht, was er sagen sollte. Da fiel der Blick des Schneiders auf das Sternenbild.

»Oh, was für schöne Sterne ihr da gemalt habt!«, sagte er. »Schließlich könntet ihr mir so einen Stern da geben.«

Der Maler atmete heimlich auf, holte seine große Schere und schnitt wieder einen Stern von der Leinwand ab.

Der Schneider nahm das Sternbild behutsam in beide Hände, bedankte sich und ging die Treppe hinunter. »Meine Frau«, dachte er, »erwartet ein Kindchen, und vielleicht bringt ihr der Stern Glück ...«

Nachdem der Maler wieder eine Zeit lang gemalt hatte, pochte es von Neuem. Der Kohlenhändler stand in der Tür.

»Wie ist's mit der Rechnung?«, fragte er barsch. »Die Kohlen sind verheizt, nicht wahr, aber ich muß auf mein Geld warten.«

Dem Maler stieg das Blut zu Kopf. Doch in diesem Augenblick fiel der Blick des Kohlenhändlers auf das Bild.

»Sieh an«, sagte er, »so ein Sternenbildchen, das könnte ich brauchen. Meine alte Mutter ist auf den Tod krank – vielleicht macht es ihr Freude ...«

Und der Maler eilte und schnitt auch dem Kohlenhändler ein Sternenbildchen von der Leinwand.

Als die polternden Schritte im Haus verklungen waren, setzte sich der Maler auf eine kleine Kiste und seufzte erlöst: »So, jetzt habe ich meine Schulden beglichen. Das ist wahrhaftig ein schönes Gefühl zu Weihnachten.« Und er blickte dankbar um sich. Aber der Raum war immer noch dunkel und kalt, und zu essen hatte er auch nichts.

Der Hauswirt war inzwischen nach Hause zurückgekehrt und hatte seiner Frau das Sternenbild gegeben. »Wie schön«, sagte sie und befestigte das Sternenbild an der Spitze des großen Tannenbaumes, damit ihn alle sehen konnten.

Als die Kinder das Zimmer mit den Geschenken betreten durften, fiel ihr erster Blick auf den Stern, und sie sahen ihn alle wie gebannt an. Er strahlte ein so helles mildes Licht aus, daß allen ganz froh und leicht ums Herz wurde.

Als sie aber mitten im Feiern waren, sagte die Mutter zu den Kindern: »Eigentlich müßten wir dem armen Maler, der diesen schönen Stern gemalt hat, doch auch etwas bringen.«

Und sie ermunterte ihre fünf Kinder, und jedes nahm etwas von seinem Gabentisch. So füllten sie einen ganzen Korb mit Leckerbissen. Damit machten sie sich auf den Weg zum Maler.

Der war nicht wenig erstaunt, als sich mit einem Mal die Tür auftat und die Frau seines Hauswirts mit all ihren Kindern erschien, ihm frohe Weihnachten wünschte und den kleinen Tisch mit den schönsten Leckereien bedeckte.

Der Schneider hatte ebenfalls sein Sternenbild am Weihnachtsbaum angebracht, hatte die Kerzen angezündet und die Tür zum Zimmer seiner Frau geöffnet, die noch, das Kind erwartend, zu Bett lag.

»Wie wunderbar«, rief sie aus, als sie den Stern sah, und ihr Herz wurde erfüllt von Kraft und Zuversicht.

Als bald darauf das Kindchen zur Welt kam, sagte sie: »Lieber Mann, denke doch an den armen Maler, der mir mit seinem Stern soviel Kraft und Zuversicht geschenkt hat. Hast du nicht vielleicht noch einen schönen warmen Anzugstoff für ihn?«

Und der Mann, der glücklich war, daß seine Frau und sein Kind gesund waren, küßte seine Frau auf die Wange. »Du hast recht«, sagte er, »ich gehe und bringe ihm ein Weihnachtsgeschenk von uns.«

Als es beim Maler wieder klopfte, da war es der Schneider, der ihm einen Ballen Anzugstoff, genug für Jacke, Weste und zwei Hosen, in den Arm legte.

Noch ehe sich der Maler bedanken konnte, war der glückliche Schneider schon wieder nach Hause geeilt.

Das letzte Sternbild aber, das der Kohlenhändler geholt hatte, kam an ein Tannenbäumchen, das für seine kranke Mutter bestimmt war. Der Kohlenhändler und seine Frau trugen es in das Krankenzimmer.

Sie fürchteten sich beide vor dem schmerzvollen Stöhnen der Mutter, der man nicht mehr helfen konnte.

»Mutter«, sagte der Kohlenhändler, »ein kleiner Tannenbaum zur Christnacht ...«, und die alte todkranke Frau schlug die Augen auf und erblickte den Stern. Ähnlich den anderen Sternen sandte auch dieser einen süßen Frieden in das Herz der Kranken, und sie lächelte.

»Wie geht es dir?« fragte der Sohn.

»Besser«, sagte sie, »viel besser – Dank für den herrlichen Stern –«, und sie strich zärtlich über die Hand ihres Sohnes. »Nun fürchte ich mich nicht mehr.«

Den Kindern aber liefen die Tränen über das Gesicht, denn sie sahen, daß die Mutter bei diesen Worten verschieden war.

»Wir müssen dem Maler danken«, sagten sie zueinander, »daß er einen so schönen Stern gemalt hat. Er hat der Mutter wohl getan und ihr Frieden gebracht.« Und sie umarmten sich voll Trauer.

In derselben Nacht noch kam ein Wagen beim Maler vorgefahren, und der Kohlenhändler fragte, wohin er die Kohlen stellen solle.

»Eine kleine Aufmerksamkeit zu Weihnachten«, sagte er verlegen und verschwand gleich wieder.

Der Maler aber trat an das große Atelierfenster und schaute voll Dankbarkeit auf den Sternenhimmel.

Die blaue Blume

In einer großen Stadt lebte einmal ein Mann, der hatte eine kleine Tochter. Die Mutter war gestorben, als das Kind zu Welt kam, und so hegte und pflegte es der Vater, so gut er konnte. Dieses kleine Mädchen hatte ein Blümlein, das goß es jeden Tag, stellte es ans Fenster, daß es die Sonne bescheine und tat alles, damit es gedieh. Dieses Blümlein aber hatte die Eigenart, daß es jedes Jahr ein blaues Blütenblatt bekam.

Als das Kind fünf Jahre alt war, hatte auch das Blümlein fünf blaue Blütenblätter. Da wurde das Mädchen eines Tages krank. Weil es aber zart und schwach war, half alle Pflege des Vaters nichts.

Es starb.

Als das kleine Mädchen beerdigt war, ging der Vater traurig nach Hause zurück. Da sah er, daß auch das Blümlein seine blauen Blütenblätter wie verwelkt hängen ließ. Sogleich überkam ihn wieder der Jammer mit ganzer Macht, und er setzte sich zu dem Blumentopf ans Fenster, umschlang ihn mit beiden Händen und weinte bittere Tränen darauf.

Nachdem er so den ganzen Tag geweint hatte, sah er am Abend, daß sich eins der blauen Blütenblätter wieder aufgerichtet hatte. Und als er zwei Tage lang geweint hatte, richtete sich auch das zweite Blütenblatt auf. Nachdem aber fünf Tage lang seine Tränen auf die Blume gefallen waren, hatte sie sich wieder ganz erholt. Alle fünf Blütenblätter standen frisch wie zuvor. Da dachte der Vater: »Dieses Blumentöpfchen wirst du deinem Töchterchen aufs Grab tragen, damit es seine Lieblingsblume bei sich hat.«

In der Stadt aber wohnten viele neugierige spöttische Leute, und der Mann wollte nicht, daß sie ihn mit dem blauen Blümchen zum Grab gehen sahen.

So wartete er, bis es dunkel wurde. Da nahm er den Blumentopf und verließ das Haus. Kaum aber, daß er auf der Straße ging, begannen die Blütenblätter zu leuchten, und sie strahlten so, daß sich die Menschen hinter den Fenstern drängten und sich über die hohe Mauer an der Straßenseite lehnten, um das leuchtende Blümlein zu sehen. Sie tuschelten und raunten, sie wisperten und flüsterten.

Aber der Mann sah und hörte nichts. Seine Augen waren in die Ferne gerichtet, mit seinen Gedanken weilte er schon am Grab des Töchterchens.

Als der Vater auf dem Friedhof angelangt war und das Grab seines

Kindes gefunden hatte, stellte er das Töpfchen mit den leuchtenden Blütenblättern auf die frische, braune Erde. Dann sank er neben dem Grab nieder und vergrub den Kopf in die Hände. Wie er so lag und über sein Unglück nachdachte, daß es ihn allein auf Erden übriggelassen hatte, trat der Mond aus einer Wolke hervor, und ein breiter Mondstrahl fiel herab auf das Grab. Wie er aber aufschaute, sah er seine kleine Tochter von oben, vom Himmel herab auf sich zuschreiten, mit bloßen Füßen, und nur mit einem Hemdchen angetan, wie er sie zuletzt gesehen hatte.

Sie kam langsam näher und blickte ihn an. »Komm mit mir, Vater!«, sagte sie. Aber der Vater schüttelte traurig den Kopf. »Wie soll ich mit dir gehen können? Ich bin ein großer Mann. Mich trägt der Mondstrahl nicht.«

»Du kannst es«, rief das Töchterchen. »Gib mir nur deine Hand und versuche es.«

Der Vater erhob sich, reichte seiner kleinen Tochter die Hand, und sie zog ihn zum Mondstrahl, daß er seine Füße darauf setze. Und siehe da! Seine Füße konnten darauf gehen wie auf einem federnden Brett.

Da schritt er mit seiner Tochter vorsichtig weiter, immer höher, dem Himmel entgegen.

Als am anderen Morgen der Friedhofsgärtner über den Friedhof ging und seine Blicke über die Grabreihen schweifen ließ, sah er, daß bei einem der frisch geschaufelten Gräber etwas Dunkles lag.

»Hat wieder jemand seinen Mantel liegen lassen«, dachte er brummig und ging darauf zu. Als er aber näher kam, merkte er, daß es ein Mensch war, der da lag.

Es war der Vater des kleinen Mädchens. Er war tot.

Der Bursche mit den drei Köpfen

In der kleinen Stadt lebte einmal ein junger Bursche. Der war nicht zu klug, nicht zu dumm, nicht zu hübsch und nicht zu häßlich. Alle hatten ihn gern, und wenn er morgens zu seiner Arbeit ging, klopfte ihm sein Nachbar, der Bäcker, auf die Schulter und sagte: »Noch eine frisch gebackene Semmel, Fritz?«, und steckte ihm eine knusprige Semmel in die Rocktasche. Wenn er beim Gemüseladen vorbeikam – und die alte Gemüsefrau schaute gerade heraus – dann rief sie: »Schönen guten Morgen, Fritz. Hast du's aber eilig! Einen frischen Apfel wirst du doch nicht verschmähen?«

So gab es allerlei kleine Freuden für ihn, die ihm den Alltag verschönten. Aber doch war der Bursche in seinem Herzen unzufrieden. »Was bin ich schon?«, dachte er, »ein armer Schreinergeselle – und nichts weiter ... Wenn ich schöner und klüger wäre, mich hervortun könnte – ja, dann wäre alles anders.«

Weil er aber von morgens früh bis abends spät neben seiner Arbeit so grübelte und auch in der Nacht kein Auge mehr zutat, wurde schließlich der Teufel aufmerksam auf ihn.

»Dem kann abgeholfen werden«, kicherte er, und eines Nachts, als der Bursche wieder schlaflos dalag, erschien er ihm in einer rotglühenden Säule.

»Geselle«, sprach er, »seit Wochen höre ich dein Jammern. Ich will mich deiner erbarmen, da es ja sonst niemand tut, und deinen Wunsch erfüllen. Sieh, hier habe ich dir drei Köpfe mitgebracht.«

Und der Bursche gewahrte mit seinen vor Schreck weit aufgerissenen Augen im dunklen Hintergrund des Zimmers drei Köpfe, die ruhig wie Kegelkugeln dort lagen.

»Mit dem ersten Kopf«, begann der Teufel, »bist du der schönste Mann weit und breit. Alle Frauen werden sich um deine Gunst bemühen ...«

Bei diesen Worten lachte der Teufel so hämisch auf, daß es dem Burschen wie Gänsehaut über den Rücken lief.

»Und bei dem zweiten der Köpfe«, der Teufel zeigte mit seinen Krallenfingern darauf hin, »bist du der klügste Mann in der Stadt.«

Der Teufel verzog sein Maul so voll Verachtung, daß es den Jungen noch tiefer graute. Aber seine Neugier siegte.

»Und der Dritte?«, fragte er bescheiden, »was ist mit diesem, verehrter Meister?«

Der Teufel hörte die Höflichkeit nicht. »Dieser«, sagte er und stieß mit seinem Klauenfuß daran, daß er bis zum Bett rollte und der Bursche erschreckt zurückfuhr, »mit diesem bist du der tapferste Mann dieses Reiches.«

Damit löste sich die Glutsäule mit dem Teufel auf und entwich als weißer Nebel durch das offene Fenster.

Der Bursche sprang aus dem Bett heraus. Aber alles lag ruhig und hell im silbernen Mondschein.

»Ich hab geträumt«, dachte der Bursche und wollte sich wieder ins Bett legen. Da stieß sein Fuß an etwas Hartes und Rundes, das seiner Bewegung auswich.

Es war einer der drei Köpfe des Teufels!

»Bin ich schon so weit«, meinte da der Bursche mutig, »dann will ich mich auch nicht fürchten und mein Glück ergreifen!«

Als der Morgen graute, stand er auf und betrachtete die drei friedlich nebeneinanderliegenden Köpfe. Er konnte nicht widerstehen und nahm den Kopf, der ihn zum schönsten Mann weit und breit machen sollte, und probierte ihn vor dem Spiegel auf.

»Gut«, sagte er, »gut. Er sitzt wie angewachsen«.

Zur gewöhnlichen Zeit verließ er seine Kammer und das Haus. Aber der Bäcker und die Gemüsefrau hatten diesmal keine Augen für ihn. Das wollte ihn bereits kränken, als eine Kutsche mit einer schönen Dame dahergefahren kam. Sie blickte zu ihm, und er sah sie an. Patsch!, ging das Rad des Wagens durch eine große Pfütze und bespritzte den Anzug des Burschen. Da ließ die Dame halten, bat ihn vielmals um Entschuldigung ihres ungeschickten Kutschers wegen. Sie forderte ihn auf, einzusteigen und mitzufahren, damit sie seinen Anzug von ihren Bediensteten wieder in Ordnung bringen lassen könne.

»So dachte ich mir's«, frohlockte der Bursche bei sich und stieg guten Mutes in den Wagen.

Als er aber im Schloß war und sie seine Schönheit sah, wollte ihn die Hausherrin, die ihren Gemahl verloren hatte, nicht wieder ziehen lassen. »Du hast ein so wunderschönes Gesicht«, sagte sie, »bleib doch noch ein bißchen bei mir.« Und er blieb. Aber alle Frauen versuchten, einander auszustechen – durch Geschenke, Zärtlichkeit und indem sie die anderen schlecht machten.

Es dauerte nicht lange, da fühlte sich der Bursche enttäuscht. Die verschiedenen Frauen, die um ihn kämpften, quälten ihn. Er langweilte sich und wünschte sich weit fort.

Als wieder ein heftiger Streit darüber ausgebrochen war, wer bei einem großen Fest seine Tischnachbarin sein sollte, stahl er sich leise aus dem Palast fort und schlich heim in seine Kammer. Dort angekommen, sank er erschöpft auf einen Stuhl.

»Nein«, seufzte er, »so anstrengend und langweilig habe ich es mir nicht vorgestellt, der schönste Mann zu sein.«

Am nächsten Morgen stellte er sich wieder vor den Spiegel, nahm den Kopf des klügsten Mannes und setzte ihn auf. Auch dieser paßte wie angegossen. Voll Erwartung betrat er mit dem strengen Gesicht eines Richters die Straße, wieder erkannten ihn weder die Nachbarn, der Bäcker und die Gemüsefrau – noch seine Freunde.

Er war noch nicht weit gegangen, als er auch schon auf der Straße ausrufen hörte, der König suche den klügsten Mann der Stadt. Aber die verlangten Proben waren so schwer, daß die meisten davor zurückschreckten. Der Bursche jedoch war guten Mutes, wußte er doch, daß er mit des Teufels Hilfe als Sieger aus dem Wettstreit hervorgehen werde.

Und so geschah es. Er wurde als neuer Kanzler berufen, und da er klug war, ließ er als erste Amtshandlung seinen Mitbewerbern den Kopf abschlagen. »Denn«, dachte er, »das sind nach mir die Klügsten und die einzigen, die mir gefährlich werden können. Sicher ist sicher.«

Der König war voll Freude über seinen neuen Kanzler. Sogleich beauftragte er ihn, ein wichtiges Dokument abzufassen: die Werbung des Königs um die Hand der lieblichen, tugendhaften und einzigen Tochter eines mächtigen fernen Herrschers. Der Brief war aber durch des Teufels Klugheit so geschickt und anziehend abgefaßt, daß die Prinzessin, obwohl sie viel jünger war, den Wunsch hatte, nur den zum Ehegemahl zu erhalten, der diesen Brief geschrieben habe. Der neue Kanzler, den der König »Frederik« nannte, bekam den Auftrag, die angeworbene Prinzessin ins Reich zu holen.

Doch als Fritz und die Prinzessin einander begegneten, erkannten sie, daß der Himmel sie füreinander bestimmt hatte, und sie beschlossen, gemeinsam zu fliehen. Aber der König erhielt Kunde von ihrer Flucht und verfolgte sie mit Reitern und Hunden, durch Wälder und Dickicht.

Als sie sich wieder für eine Nacht müde, hungrig und vom Regen durchnäßt, auf einen Baum gerettet hatten und die Prinzessin ihr Haupt erschöpft auf die Schulter des Liebsten legte, begann er, Reue zu empfinden. »Ich bin es, der sie ins Unglück gebracht hat. Ohne mich wäre sie reich, glücklich, gefeiert. Trenne ich mich von ihr, so wird alles für sie wieder gut werden.« So klug er auch war, merkte er nicht, daß es eine Prinzessin mit einem goldenen Herzen war, wie es sie nur alle hundert Jahre einmal gibt ...

Er stieg also vom Baum herab und legte die Schlafende, die vor Müdigkeit gar nicht wach geworden war, in das weiche Moos unter den Baum, küßte sie zum Abschied und eilte in Richtung seiner Heimatstadt davon.

Als er nach langer Irrfahrt wieder zu Hause anlangte, warf er sich tieftraurig aufs Bett und weinte herzzerbrechend. »Auch dieser Kopf hat meine Wünsche nicht erfüllt«, sagte er, »ich bin unglücklicher als je zuvor.« Und er dachte an die liebliche Prinzessin, die nun doch den König heiraten würde.

Den nächsten Tag über schlief er. Als er wieder frisch war, stellte er sich zum dritten Mal vor den Spiegel. »So will ich denn der tapferste Mann dieses Reiches werden.«

Er griff nach dem dritten und letzten Kopf des Teufels. Es war ein Männerkopf mit gerader Nase und hoher Stirn, einem schmallippigen Mund und einem energischen Kinn. Die Augenbrauen waren schwarz und buschig und über der Nasenwurzel zusammengewachsen, was dem Gesicht etwas Finsteres und Unheilvolles gab.

Kaum war er auf den Marktplatz der Stadt gelangt, hieß es, ein Krieg stehe vor der Tür, der König suche den tapfersten Mann seines Reiches. Wer sich fähig fühle, die bevorstehende Schlacht zu gewinnen, möge sich beim König melden.

Fritz hielt sich für berufen, den Auftrag zu übernehmen und hoffte, auf diese Weise endlich sein Glück zu machen. Das einzige, was er befürchtete, war, seiner früheren Liebsten, der Prinzessin, nun als Königin zu begegnen.

Der König empfing ihn gnädig. »Mir ist in letzter Zeit viel Unheil zugestoßen«, sagte er bekümmert, »erst ist mein Kanzler mit meiner königlichen Braut geflohen und hat sie so betört, daß sie mich selbst dann nicht zum Gemahl nahm, als ich sie unter einem Baum im Walde fand.

Nun bedroht mich ein weiteres Unheil: der König der Rotmunder hat Bauern an der Grenze meines Reiches geplündert, ihnen das Vieh entführt und ihre Höfe angezündet.

Gehe hin und übe Rache! Dringe in das feindliche Land ein, senge und töte. Gefangene wünsche ich nicht.«

Mit diesen Worten entließ der König seinen neu ernannten General, und der tat, wie ihm geheißen. Durch eigene, vorbildliche Tapferkeit gelang es ihm, die Soldaten mitzureißen und die entscheidende Schlacht trotz Unterlegenheit zu gewinnen. Das feindliche Heer wurde fast vollkommen vernichtet, auch die letzten feindlichen Soldaten noch verfolgt und erschlagen.

Als es Abend war, ging der General in stolzem Siegesbewußtsein über das von Blut dampfende Schlachtfeld. Da regte sich ein Totgeglaubter.

»Unschuldige hast du ermordet«, stieß er hervor, als er den feindlichen Kriegsführer sah.

»Ihr habt begonnen«, sagte der General hart.

»Das ist Lüge«, antwortete der Verwundete und richtete sich auf.

»Eure Leute haben selber euren Bauern die Höfe an der Grenze angezündet, das Vieh entführt ... im Auftrag eures Königs. Er wollte einen Vorwand für seinen Angriff auf unser Land.«

Nach dieser Anstrengung sank er tot zusammen.

Der General spürte plötzlich einen bitteren Geschmack auf der Zunge, und es überkam ihn eine große Übelkeit.

»Sollte es wahr sein, daß der König mich belogen, daß er selbst die Plünderung seiner Bauern veranlaßt hat?« Und er setzte sich auf einen niedergebrochenen Zaun und stützte den Kopf in die Hände.

»Grausig«, sagte er, »grausig. Was habe ich angerichtet mit meiner Tapferkeit!« Mit Riesenschritten verließ er das Schlachtfeld, und mit jedem Schritt wurde er wieder mehr der Schreinergeselle.

Als er nach anstrengender Nachtwanderung in seiner Kammer ankam, riß er sich mit einem Ruck den Kopf des tapfersten Mannes vom Hals. »Teufelswerk«, murmelte er. Dann griff er nach seinem eigenen Kopf, der weder schön, noch häßlich, weder klug, noch dumm war und setzte ihn sich wieder auf.

Noch einmal dachte er an die liebliche Prinzessin, dann schlief er ein. Als er am anderen Morgen aufwachte, schien es ihm, als habe er einen schweren Traum geträumt.

Er ging vor die Tür. Kaum erschien er draußen, kam der Bäcker, klopfte ihm auf die Schulter und steckte ihm eine knusprige Semmel in die Rocktasche, und aus dem Gemüseladen schaute die Gemüsefrau heraus.

»Schönen guten Morgen, Fritz«, rief sie, »bist wohl krank gewesen, daß man dich so lange nicht gesehen hat? Na, da wird dir ein Apfel gut schmecken...«, und sie warf ihm einen prächtigen Apfel zu wie früher auch.

Da fühlte Fritz mit einem Mal, wie ihn Glück durchströmte, und er dachte: »Wie gut hat es Gott mit mir gemeint, daß er mich so gemacht hat wie ich bin.«

Auf dem Weg zur Werkstatt sah er auf dem Marktplatz ein junges Mädchen stehen, das Waldblumen verkaufte. Als er ihr beim Vorbeigehen in die Augen schaute, erkannte er, daß es die Prinzessin war. Im selben Augenblick wollte er sie freudig anrufen, dann fiel ihm ein, daß er nur seinen eigenen Kopf hatte, kein Kanzler und kein General mehr war, sondern nur ein einfacher Schreinergeselle.

Er kaufte ihr ein Sträußchen ab. Sie hatte ihn schon lange erwartet und sein freudiges Erschrecken bemerkt. Nun lächelte sie, denn sie war viel klüger, als er geglaubt hatte.

»Ja, ich bin es«, sagte er, »und wenn du mich noch magst ...«

Da stellte sie ihren Korb mit den Waldblumen auf die Erde, umschlang ihn, küßte ihn und sagte: »Wir gehören doch zusammen für alle Zeit.«

Da merkte er, daß es eine Prinzessin mit einem goldenen Herzen war, wie es sie nur alle hundert Jahre einmal gibt, und sie kehrten gemeinsam in das Schloß ihres Vaters zurück.

Die Nachttaube

*E*s war einmal ein junges Mädchen mit Namen Marlene. Obwohl es klug und schön war und es alle wegen seiner Schönheit liebten, war es doch im Grunde seiner Seele traurig. Schon am Morgen, wenn es aufstand, fühlte es sich so niedergeschlagen, daß ihm keine Arbeit gelingen wollte, und am Abend, wenn es sich ins Bett legte, war sein Herz so voll Traurigkeit, daß es seine Hand darauf legen mußte.

›Warum bin ich so traurig?‹, dachte Marlene, wenn sie im Dunkel ihres Zimmers lag. ›Was fehlt mir? Wonach habe ich Sehnsucht?‹

Aber so sehr sie nachgrübelte, sie konnte es nicht finden, und so blickte sie stundenlang, bevor sie einschlief, auf das mattgraue Reckteck des Fensters, an dem die Wollvorhänge hell schimmerten.

Als sie wieder einmal eines Abends im Bett lag und schweren Herzens in die mondhelle Sommernacht draußen blickte, kam ein sanfter Windhauch, stieß die beiden Flügel des Fensters auf, und ein grauer Vogel flog geräuschlos wie ein Schatten in das Zimmer.

Er schien eine graue Taube zu sein, aber so groß wie ein Pirol, und er hatte etwas Weiches, Anschmiegsames in seinen Bewegungen.

Seltsamerweise erschrak Marlene nicht. Sie hatte eher das Gefühl, daß etwas Langersehntes in ihre Nähe gekommen sei. Sie streckte die Hand vorsichtig danach aus. Da fühlte sie, daß sich die Nachttaube am Kopfende des Bettes niedergelassen hatte, und ihre Finger griffen in ein Gefieder weich wie zarteste Daunen.

Die Nachttaube begann leise zu gurren.

»Du bist traurig, Marlene, und deine Traurigkeit ist so groß, daß sie nicht größer werden darf. Deshalb habe ich mich von meinen Bäumen losgerissen und bin Nacht für Nacht zu dir hergeflogen.

Drei Nächte werde ich dir nun eine Botschaft bringen – und dann magst du dich entscheiden.«

»Wo kommst du her«, fragte das Mädchen.

»Hinter den Bergen und Wäldern, Wiesen und Feldern fließt ein breiter Fluß. Davor erhebt sich ein Berg und auf diesem Berg ein weißes Schloß. Vor dem Schloß aber liegt ein kleines Gartenhaus, von hohen Eichen umgeben – von dort komme ich zu dir her.«

»Was ist das für ein Gartenhaus?«, fragte Marlene, denn sie fühlte, daß es damit eine besondere Bewandtnis hatte.

»In dieses Haus kam täglich der Prinz, der einzige Sohn des Königs unseres Landes. Jeden Tag kam er bei Dunkelwerden vom Schloß herüber und setzte sich hier ans offene Fenster, von wo er einen weiten Ausblick hatte und dachte an dich.«

»Aber er kennt mich doch nicht!«, warf das Mädchen ein.

»Vor nicht langer Zeit aber schrieb er Verse, die er für dich gedichtet hatte –«

»Verse!«

»Ja, Verse. Ich verstehe sie nicht, aber ich will sie dir sagen:

›Schöne Rose
wo bleibst du?
Mein Herz ahnt dich,
doch du bleibst fern.
Trauer umfängt mich wie Nebel,
wann wird er vergehn?‹«

»Oh«, rief das Mädchen, »es geht ihm wie mir!«

»Ja«, sagte die Nachttaube, »es geht ihm wie dir!«

In diesem Augenblick verdunkelte eine Wolke den Mond. Als sie vorüber war, war der Vogel verschwunden.

Am nächsten Abend war die Nachttaube wieder da. Das Mädchen hatte schon gewartet.

»Erzähl mir weiter«, bat es, »wie kennt er mich?«

»Der Prinz hat einen Spiegel, in dem sich alles Gute, Wahre und Schöne der Welt spiegelt. Da erblickte er dich, als du im Walde einen Kranz aus wilden Veilchen flochtest und ihn auf dein langes blondes Haar setztest. Seitdem sind seine Gedanken bei dir.«

Der graue Vogel rückte auf dem Kopfende des Bettes hin und her. In seinen korallenfarbigen Füßchen trug er einen zusammengerollten Zettel, den er auf das Kissen fallen ließ. Das Mädchen griff danach und wollte eine Kerze anzünden.

»Kein Licht«, wehrte die Nachttaube ab. »Ich sage die Worte des Prinzen:
>Sonne und Mond
werden bestehen,
aber mein Herz
muß vor Sehnsucht vergehen.‹«

Da zitterte Marlene am ganzen Körper, und sie bedeckte die Augen mit den Händen. Als sie wieder aufblickte, war sie allein.

Die dritte Nacht kam. Der Mond stand als helle Scheibe am Himmel, und wiederum flog die Nachttaube mit lautlosem Flügelschlag ins Zimmer.

»Heute bringe ich seine letzte Botschaft«, gurrte sie.

»Liebe graue Taube«, sagte das Mädchen, »warum holt mich der Prinz nicht? Auch ich kann ohne ihn nicht leben.«

»Der Prinz ist an einem heftigen Fieber erkrankt. Höre seine Worte:

>Tod mich durchrinnt –
Geliebte, oh komme,
du, die mir bestimmt!<«

Das Mädchen stieß einen leisen Schrei aus und versank in Verzweiflung.

Dann raffte sie sich auf. »So will ich mich zu ihm auf den Weg machen. Sage mir, wie lange muß ich gehen?«

»Zehn Tage von morgens bis abends«, sagte die Taube, »wenn du schnell gehst. Aber du darfst mit keinem darüber sprechen.«

»Ich gehe schnell«, sagte Marlene. »Fliege zurück und bringe dem Prinzen Kunde, daß ich in zehn Tagen bei ihm bin.«

Dann stand sie auf und holte aus einer Schublade ein flaches Kästchen hervor. Sie schloß es mit einem Schlüssel auf, der an einem Samtbändchen um ihren Hals hing.

Als sie den Deckel öffnete, ging ein heller Schein durchs Zimmer. Er rührte von zwei goldenen Löffelchen her, die darin verschlossen lagen.

Marlene nahm einen Löffel davon und band ihn mit dem Samtbändchen an den Fuß des Vogels und sagte: »Bringe dem Prinzen diesen Löffel. Er ist wie der andere ein Geschenk meiner verstorbenen Mutter. Wer zehnmal mit ihm ißt, wird gesund.«

Dann packte sie ein kleines Bündel und machte sich sofort auf den Weg. Die Taube flog vor ihr her und wies ihr die Richtung. »Wandere nachts«, gurrte sie, »dann kann ich dir den Weg zeigen.«

Marlene war froh über diese Hilfe und bedankte sich.

Als der Morgen heraufdämmerte, verschwand die Taube, und das Mädchen sank unter einem Baum nieder und schlief fest ein.

Am Abend weckte sie das Gurren der Taube. Sie stärkte sich aus ihrem Bündel und machte sich weiter auf die Wanderung.

Der Berge schimmerten milchig-blau, die Tannen pechschwarz. Nebelschwaden zogen durch die Täler, und die Flüsse rauschten gewaltig. Aber Marlene empfand keine Angst. Sie dachte nur an ihr

Ziel, und je näher sie dem Prinzen kamen, um so stärker wurde ihre Sehnsucht. Allabendlich kam die Taube und begleitete sie auf ihrem Weg und brachte ihr Kunde vom Ergehen des Prinzen.

Schließlich näherte sie sich der Umgebung des Schlosses, und Marlene bemühte sich, noch schneller zu gehen. Aber ihre Füße brannten bereits, die Kleidung hing verstaubt an ihr, und ihre Nahrung bestand nur noch aus Quellwasser, trockenem Brot und Beeren. Ihr blondes Haar fiel jetzt offen über ihre Schultern, denn Sträucher und Gebüsch hatten ihr die Spangen vom Kopf gerissen.

So war der Abend des neunten Tages gekommen, und in der Freude, dem Ziel so nahe zu sein, spürte sie ihre Erschöpfung kaum.

Die Nacht sank herab. Die Sterne zogen am Himmel auf, aber die Nachttaube, die ihr bisher niemals den Dienst versagt hatte, kam nicht.

Der fremde Wald dehnte sich unheimlich vor ihr, die Tannen ragten wie wilde Riesen in die Luft, die Wege waren holprig und steil. Sie glaubte, dem Schloß schon so nahe zu sein, daß sie sich nicht mehr verirren könnte, und ging mutig weiter und weiter.

Aber der Berg mit den hohen Eichen kam nicht, und nirgends war ein weißes Schloß zu sehen.

Als der Morgen des zehnten Tages anbrach, sank sie erschöpft am

Rand einer Waldwiese nieder. Sie schleppte sich hinter einen Busch, denn so nötig sie Hilfe hatte, dachte sie an ihr Versprechen, mit keinem Menschen über ihr Vorhaben zu sprechen.

Auch an diesem Abend kam die Taube nicht. So irrte sie weiter umher, doch ohne das Gartenhaus und den Prinzen zu finden.

Im Schloß herrschte zu dieser Zeit große Angst und Aufregung.

Der Prinz, dessen Befinden sich in den letzten Tagen auffallend gebessert hatte, fiel sichtlich in sich zusammen, und die Aussicht, sein Lebenslicht noch länger zu erhalten, wurde immer geringer. Es hatte sich aber zugetragen, daß eine diebische Elster den kleinen goldenen Löffel auf der Fensterbank im Gartenhäuschen hatte blinken sehen und in einem unbewachten Augenblick den Löffel in ihr Nest entführt hatte. Da von dem kleinen Löffel aber die Gesundung des Prinzen abhing, hatte sich die Nachttaube an die Verfolgung der Elster gemacht, um den Löffel zurückzuholen.

So irrte das Mädchen im Wald umher, während der Prinz sie mit tödlicher Sehnsucht erwartete und das Fieber seinen Körper zerbrach.

Die Königin Mutter war verzweifelt und tat alles, was in ihrer Kraft stand. Als sie wieder nachts an seinem Bett wachte, hörte sie ihn flüstern:

»Goldener Mantel –
wilde Veilchen –
sind meine Rettung.«

Als die Königin diese Worte hörte, sann sie bis zum Morgengrauen darüber nach. Dann ließ sie die Kutsche mit den sechs weißen Schimmeln einspannen und fuhr vom Schloß herab, denn sie dachte, einen goldenen Mantel mit lila Blumen beim teuersten Schneider in der entfernten Stadt zu bestellen. Als sie aus dem Wald herauskamen, sah die Königin plötzlich am Wege ein junges Mädchen liegen, das zu müde war, um auch nur den Kopf zu heben. Aber das Mädchen hatte so wunderschönes goldblondes Haar, daß die Pferde wie geblendet stehenblieben. Als die Königin aus dem Wagen blickte und das blonde Haar des Mädchens sah, das sie wie ein goldener Mantel umgab, schlug das Mädchen die Augen auf. Die hatten die Farbe von wilden Veilchen. Mit einem Mal verstand die Königin die Worte des Prinzen: »Goldener Mantel, wilde Veilchen sind meine Rettung.«

Sie bat das Mädchen, einzusteigen und fuhr zum Schloß. Dort wurde ihr ein köstliches Bad bereitet, man kleidete sie wie eine Prinzessin und stärkte sie mit den erlesensten Speisen. Als der Prinz die

Mutter mit dem Mädchen kommen sah, wollte er sich aufrichten. Aber er war dazu zu schwach.

Da holte Marlene aus ihrem Bündel das zweite goldene Löffelchen, und als der Prinz nun zum zehnten Mal von dem Löffelchen gegessen hatte, kehrten seine Kräfte zurück.

Der König und die Königin waren glücklich und richteten vor Dankbarkeit eine Hochzeit aus, wie sie nicht schöner hätte sein können und von der heute noch in dieser Gegend gesprochen wird.

Die Seelenmesse

*I*n einem einsamen Haus am Rande des Waldes lebte einmal eine geizige Alte. Im Sommer sammelte sie Beeren und Kräuter, Pilze und dürres Reisig, im Winter aber verkroch sie sich in ihre Hütte. Ihre Füße waren mit dicken Lappen umwickelt und ihre Kleider so verwaschen, daß man nicht wußte, ob sie grau oder braun waren.

Den Dorfbewohnern gegenüber war sie von großem Mißtrauen, und auch diese wichen einer Begegnung mit ihr aus. Wenn die Kinder ihren gekrümmten Rücken nur von ferne sahen, kreischten sie und stoben davon. Die Alte aber erhob ihren Stock und sah ihnen drohend nach.

Kam ein fremder Wanderbursche an ihre Tür und bat um ein Stück Brot, so fuhr sie ihn mit böse funkelnden Augen an: »Sehe ich so aus, als ob ich Hungerleider ernähren könnte?«

Und noch ehe sich der Bursche von seinem Schreck über ihr eingefallenes Gesicht, die spitze blasse Nase und das hagere Kinn erholt hatte, war die Tür zugeschlagen und ein schwerer Riegel vorgeschoben. Und doch hieß es, trotz aller äußeren Armut, die Alte am Waldrand sei reich. Die Schublade ihres Tisches sei so voll von Geldstükken, daß die Alte sie nur noch mit Angstrengung aufziehen könne. Aber niemand hatte je die Schublade offen gesehen, und niemand konnte sagen, woher der Reichtum der Alten gekommen sei. Ob sie die Zukunft aus den Karten gesagt, geheime Beschwörungen vorgenommen oder gefährliche Getränke gebraut hatte, niemand konnte es sagen.

Nur einen gab es, der mehr über die Alte wußte: den Pfarrer des Dorfes. Denn so selten die Alte sonst unter Menschen ging, wenn es galt, einem Toten die letzte Ehre zu erweisen, war sie stets dabei. Dann humpelte sie auf ihren Knotenstock gestützt hinter dem Sarg her, und die Dorfbewohner wagten sie nicht zu vertreiben. Niemals sprach sie ein Wort, aber mitunter stieß sie ihren Stock so heftig auf die Erde, daß alles erschrak.

Als wieder einmal ein Sarg in einem besonders schönen Schmuck prangte, begannen ihre zahnlosen Kiefer aufgeregt aufeinander zu mahlen und ihre Mundwinkel feucht zu werden vor Erregung.

»Ein schönes Begräbnis«, sagte sie mit heiserer Stimme zum Pfarrer, »ich will auch so ein schönes Begräbnis haben!« Und als der Pfarrer antwortete, das wäre doch eine Äußerlichkeit, es käme vielmehr darauf an, ohne Sünde in den Himmel einzugehen, fügte sie nachdenklich hinzu: »Und zwei Seelenmessen sollt ihr für mich lesen, Herr Pfarrer. Das Geld lege ich dafür bereit.« Dabei stieß sie wieder ihren Stock mit solcher Wucht auf den Boden, daß der Pfarrer sich beeilte, ihr dieses Versprechen zu geben.

So saß sie an den langen Winterabenden an ihrem blank gescheuerten Holztisch und zählte ihre Geldhäufchen. Die einen sollten für ein schönes Begräbnis, nein, für ein prunkvolles Begräbnis sein, die anderen für die bestellten Seelenmessen. Wenn dann das Geld säuberlich geordnet in kleinen Säulen vor ihr stand, dann fühlte sie heiße Freude in sich hochsteigen, und sie umkrallte mit einem Griff das ganze Geld und drückte es an ihre Brust. Dann sah sie sich bereits mit reichem Blumenschmuck unter prächtigen Kränzen aufgebahrt, sah den verzierten Leichenwagen zum Friedhof rollen, die Träger den Sarg feierlich herabnehmen, hörte die Glocken läuten und den Pfarrer das »Gott gebe ihr die ewige Ruhe« sprechen. Wenn aber Bilder aus der Vergangenheit sie überfallen wollten, in der sie sich hartherzig und gefühllos gezeigt hatte, dann ging ihr Blick zu den Geldröllchen, die sie für die Seelenmessen bereit gelegt hatte, und sie glaubte sich in Sicherheit.

Der Teufel aber, der des abends die Runde durch die Menschheit macht, um sich über den Stand der Dinge einen Überblick zu verschaffen, hatte seine Freude daran, wenn er die Alte beim Schein ihrer Petroleumlampe über die Geldstücke gebeugt sah und das Geld klingen hörte. ›Ein Braten für mich‹, dachte er und rieb sich vergnügt die Hände, ›ein richtiger Satansbraten.‹ Aber dabei zog er seine Oberlippe kraus, denn die beiden Geldhäufchen für die Seelenmessen waren ihm doch sehr unangenehm.

›Wie kann ich es anstellen‹, dachte er weiter, ›daß die beiden Häufchen verschwinden?‹ Und er rief einen seiner begabtesten Unterteufel und sagte: »Zarastrabath, zwei Jahre bist du mein Meisterschüler gewesen. Zeige nun, was du gelernt hast. Bringe die beiden Geldhäufchen für die Seelenmessen der Alten am Waldesrand zum Verschwinden. Du weißt, so ein Beigeschmack von Weihrauch verdirbt mir den Appetit.«

Der Unterteufel, wirklich einer der begabtesten, zwang sich, keinen Luftsprung zu tun, denn gerade solche Aufgaben waren seine Spezialität. Er nahm also mit bescheidener Miene den ehrenvollen Auftrag an und begab sich ans Werk.

Als die Alte dieses Tages ihre Tür wie immer fest verrammelt hatte, hörte sie ein jämmerliches Miauen draußen. Der Wind heulte ums Haus und orgelte im Kamin. Der Regen begann herabzuprasseln, und das Miauen wurde lauter und jämmerlicher. Schließlich hörte sie zugleich ein sanftes Kratzen an der Tür.

Wenn die Alte auch kein Herz für die Menschen hatte, so stand ihr doch der Sinn nach einem lebenden Wesen, das ihr voll Vertrauen angehörte und sie zudem nicht viel kostete.

So schob sie den Riegel wieder zurück, öffnete die Tür einen Spalt, und wer beschreibt ihre Freude, als ein schöner schwarzer Kater zur Tür hereinstrich. Nachdem sie sich eine Weile an seinem Anblick geweidet hatte, suchte sie das schönste Schüsselchen, das sie hatte, und stellte es mit etwas Milch dem Kater hin. Leise schnurrend und vorsichtig streckte dieser sich dem Napf entgegen, während die Alte an ihre Rechnungen ging.

So kam es, daß die beiden zusammen einen guten Winter verbrachten. Die Alte sorgte für den Kater, und keine Geldausgabe war ihr für ihn zu viel. Täglich humpelte sie ins Dorf, um bei einem bestimmten Bauern eine besonders fette Milch zu holen, täglich suchte sie den Metzger auf, um Hackfleisch für ihren Kater mit nach Hause zu bringen, der sie gefräßiger denn je zurückerwartete. Oft saß sie da und betrachtete ihn nachdenklich, denn soviel sie sich erinnern konnte, hatte sie noch nie von einem Kater gehört, der derartige Mengen Fleisch, Wurst, Sahne und Brot in sich hineinschlingen konnte. Da der Kater aber zusehends kräftiger wurde und ein wunderbar glänzendes Fell bekam, war ihr das genug Erklärung für seinen großen Appetit.

Die täglichen Gänge in das Dorf brachten Unkosten für sie. Sie mußte sich einen dicken Schal kaufen, um gegen Wind und Wetter geschützt zu sein, und ein Paar mit Filz gefütterte hohe Holzschuhe, um durch die Pfützen der Dorfstraße zu gelangen, eine Tasche, um ihre Einkäufe nach Hause zu tragen und dergleichen Dinge mehr. Wenn sie dann am Abend vor ihrem Tisch saß und ihr Geld aus der Schublade holte, um es zu zählen, konnte sie nicht umhin festzustellen, daß es sich seit der Ankunft des Katers merklich verringert hatte. »Nun, auf ein paar Kränze mehr oder weniger soll es mir nicht ankommen«, meinte sie und fühlte sogleich befriedigt das schnurrende Liebkosen des Katers um ihre Beine. »Und wenn der Leichenwagen nicht so verziert ist, so soll mich das auch nicht kränken.«

Dem Teufel aber dauerte die Sache zu lange, und eines Abends rief er seinen Unterteufel zu sich, gerade als dieser sich nach Katzenart schnurrend an der Seite der Alten im Bett zusammenrollen wollte, und machte ihm Vorwürfe. »Wie lange soll ich dich noch entbehren«, fragte er, »nur um dieser hageren Alten willen. Es ist höchste Zeit, daß du dir etwas Besseres einfallen läßt, sonst hast du meine Gunst verscherzt.«

Der Unterteufel kehrte beschämt zurück und sann eifrig nach. Bald hatte er einen neuen Plan.

Als am nächsten Tag die Märzsonne warm auf Dach und Haus schien und die Alte die Tür einen Spalt offenstehen gelassen hatte, entwischte er nach draußen. Nicht lange darauf hörte ihn die Alte, jämmerlich wie nie zuvor, miauen. Nachdem sie bestürzt festgestellt hatte, daß der Kater nicht mehr in der Stube war, trat sie vor die Haustür, um sich nach ihm umzusehen. Da sah sie mit einem Mal den Schatten ihres Hauses vor sich und darauf den Schatten des Katers, wie er unruhig hin und her schritt. Als sie sich umwandte, tastete sich der Kater vorsichtig vom First des Hauses zur Dachrinne herab, spazierte dort mit sorgfältig aufgesetzten Pfoten hin und her und miaute weiter herzzerreißend.

Die Alte fühlte die Notlage des Katers, der anscheinend den Weg vom Dach herab nicht mehr finden konnte, und machte sich daran, ihm zu helfen. Sie zog einen Schemel aus der Stube heran, stieg hinauf, damit der Kater auf ihre Schulter und zu Boden springen könne.

Kaum aber hatte sie den Schemel erstiegen, wackelte er auf der unebenen Erde. Sie verlor das Gleichgewicht und stürzte zu Boden. Der Kater war mit einem Sprung gefolgt und umstrich die Alte, die mit gebrochenem Fuß stöhnend am Boden lag und sich nicht mehr erheben konnte.

Nachdem sie über eine Stunde auf der frühjahrsnassen Erde gelegen hatte, kam endlich der Bäckerjunge vorbei, der Brezeln in das Nachbardorf gebracht hatte. Er sah die Alte liegen und ohne Furcht, wie er war, näherte er sich dem Haus. Der Kater sprang ihm entgegen, als ob er ihn um Hilfe angehen wollte.

Die Alte erreichte, mühsam auf den Bäckerjungen gestützt, ihr Lager, und allem Widerstreben zum Trotz mußte sie den Doktor rufen lassen, der im nächsten Dorf wohnte.

Das war aber eine teure Angelegenheit, und so begann der Ablauf der Dinge, wie ihn der Teufel eingefädelt hatte. Der Doktor kam, verordnete teure Arzneien, die Arzneien mußten geholt werden. Der Bäckerjunge wurde gebeten, täglich das Brot, die Milch und das Fleisch zu bringen. Eine Nachbarin mußte einspringen, um für die Alte das Essen zu richten, sie zu pflegen, die Umschläge um den geschwollenen Fuß zu erneuern, die Stube sauber zu halten, auf das Feuer zu achten und den Kater zu versorgen. So sehr die Alte auch die Ausgaben einzuschränken versuchte, sie konnte nicht verhindern, daß die Geldstücke immer schneller die Schublade verließen.

Als sie endlich das Bett verlassen durfte, war von ihrem Reichtum nur noch so viel übrig geblieben, daß sie und der Kater einige Tage ihr Leben fristen konnten. So lag sie am Abend voll Kummer in ihrem Bett. Sie sah, daß sie dem Kater zuliebe den höchsten Wunsch ihres Lebens geopfert hatte, nämlich den, in einem Prunkbegräbnis einmal über die anderen Menschen triumphieren zu können.

Weit schwerer aber war ihr die Erkenntnis, daß nun auch kein Geld mehr für die Seelenmessen vorhanden war. Dieser Gedanke nagte heftiger an ihr als alle anderen. In diesem Augenblick suchte ihre Hand das warme Fell des Katers, der neben ihr schlief. Sein einsetzendes Schnurren war ein seltsamer Trost für sie.

Als das letzte Geldstück in die Hand des Bauern gewandert war, der die süße sahnige Milch für den Kater lieferte, sah sie den Kater traurig an und meinte: »Nun wirst du mich wohl bald verlassen, wenn ich dir nichts mehr geben kann.« Und aus Angst, daß das Tier vielleicht wirklich die Flucht ergreifen könne, ging sie ins Dorf, um zu betteln. Aber kein Bitten und Flehen brachte einen Tropfen Milch oder Kanten Brot ins Haus. Die Dorfbewohner blieben hart der Alten gegenüber, die sie nur für geizig hielten.

In der Nacht aber, als sie über Mittel und Wege nachsann, zu Geld oder Essen zu gelangen, faßte der Teufel den Entschluß, ihr nunmehr den Garaus zu machen. Das Ziel war erreicht: der Alten war kein Heller verblieben, um eine Seelenmesse auch nur einläuten zu lassen.

Als der Teufel wie gewöhnlich an die Alte nach Katerart angeschmiegt lag, das Klopfen ihres Herzens hörte und das Schlagen der großen Halsschlagader spürte, überkam ihn plötzlich die Lust, wie bei einer kleinen hüpfenden Maus hier zuzupacken. Mit einem scharfen Biß durchtrennte er die Ader.

»Habe ich dich endlich, elende Alte«, kicherte er, »nun wirst du mir nicht mehr entkommen.« In diesem Augenblick aber sprang, ohne daß der Teufel es bemerkte, eine kleine weiße Maus aus dem Munde der Alten, huschte das Bett hinab, die Mauer entlang und durch eine Türritze hinaus.

Als der Kater die Maus erblickte, wußte er sogleich, daß sich die Seele der Alten in dieses kleine Tier geflüchtet hatte, und er nahm sofort die Verfolgung auf. Sie jagten ein Mal um das ganze Haus herum, ohne daß die Maus eine rechte Zuflucht fand. Beim zweiten Mal aber entdeckte sie das Abflußrohr der Regenrinne und verschwand darin. Zarastrabath, dem es um den Lohn seiner Arbeit ging, kletterte flugs an einem dem Haus benachbarten Baum hoch, um auf das Dach zu gelangen und der Maus, sobald sie oben erschien, den Garaus zu machen. Aber so sehr er auch aufpaßte, die kleine weiße Maus erschien nicht.

Plötzlich aber erhob sich vor seiner Nase eine weiße Taube, die in geradem Flug dem Himmel zustrebte.

Da stieß der Kater einen gräßlichen Schrei aus, stürzte vom Dach zur Erde, wo ihn eine Stichflamme verschlang.

Als die Dorfbewohner von dem Tode der Alten hörten, eilten sie schnell zu dem einsamen Haus am Rande des Waldes, um nach den verborgenen Reichtümern zu suchen. Sie durchwühlten Kisten und Kasten, drehten Strohsack und Schublade um. Als der Pfarrer kam, um nach der Toten zu sehen, fand er die Leute ratlos und beschämt. Sie hatten nichts gefunden, rein gar nichts: weder ein Goldstück, noch ein Silberstück, noch einen Kupferpfennig – ja, nicht einmal einen Kanten trockenen Brotes. So war es klar, daß die Alte, als sie betteln ging, wirklich nichts mehr besaß und elendig verhungern mußte.

Und der Pfarrer, der selbst nicht um die Umstände gewußt hatte, sah, daß die Dorfbewohner wegen ihrer Hartherzigkeit der Alten gegenüber Reue verspürten.

»Kommt mit mir in die Kirche«, sagte er niedergeschlagen, denn auch er fühlte sich mitschuldig, »ich werde ihr die Totenmesse lesen.«

Nachdem die Messe beendet war, forderte der Pfarrer die Dorfbewohner zu einer Sammlung für das Begräbnis auf. Und siehe da, es kam soviel Geld zusammen, daß die Alte nicht nur einen Kirchensarg erhalten konnte, sondern daß er auch über und über mit Blumenkränzen bedeckt war. Der Trauerzug aber, der dem Sarg folgte, war der längste, den man je dort gesehen hatte.

Später aber las der Pfarrer noch die zwei Seelenmessen für die Verstorbene, denn er wußte ja nicht, daß ihre Seele bereits in den Himmel eingegangen war.

Die Zangenvögel

*I*hr müßt nicht denken, daß Zangen tot seien und keine Seele hätten – nur weil sie aus Eisen sind. Auch das Eisen hat eine Seele, sogar eine tausendfache, millionenfache. Sie zittert in jedem Teilchen Eisen, kreist in jedem Stäubchen Metall, ist unsichtbar und doch vorhanden. Aber alle Bewegung ist so fest aneinandergekettet, so fest zusammengehalten, daß es aussieht, als sei das Eisen und die aus Eisen gemachten Zangen tot und ohne Gefühl.

In einer Fabrik zwischen den Bergen des Sauerlandes waren eines Abends eine ganze Reihe Zangen und Scheren fertiggestellt. Zangen der verschiedensten Größe und verschiedensten Art. Da gab es Rosenscheren neben Blechscheren, Gipsscheren neben Drahtscheren.

Die Rosenscheren lagen neben den Blechscheren. Diese Nähe, das gemeinsame Erlebnis ihrer Fertigstellung, der gleichzeitige Eintritt in das praktische Leben verband sie untereinander. So verschieden sie auch sonst waren, so glaubten sie doch in dieser ersten Nacht ihrer Scherenwerdung, daß der gemeinsame Ursprung das Wesentliche ihres Daseins sei.

»Wir sind vom selben Eisen«, flüsterte eine große Blechschere einer kleinen Rosenschere zu. »Jeder hat zwei Griffe und außerdem zwei scharfe Zangen zum Schneiden. Ist es nicht schließlich gleichgültig, was jeder von uns durchtrennt?«

Die Rosenschere öffnete zustimmend ihre schöngeschwungenen Schnabelscheren, während die Blechschere sich entzückt über soviel Anmut ihrerseits in die Brust warf.

»Wären wir nicht ein schönes Paar?«, meinte die Blechschere werbend, die das männliche Prinzip vertrat. »Ist nicht vielleicht alles einfacher, wenn wir gemeinsam Blech schneiden?«

»Aber ich bin eine Rosenschere«, wagte die Rosenschere einzuwenden.

»Oh, das macht gar nichts«, sagte die Blechschere großmütig, »die kleine Biegung der Zangen wird sich schon geben, wenn du dir nur Mühe gibst ...«

Und wie zur Probe faßte er die untere Zangenhälfte der Rosenschere zwischen seine beiden Zangen.

Als aber ihre Zangenschnäbel so ineinandergriffen, geschah etwas Besonderes. Sie fühlten, wie magnetische Ströme von dem einen zum anderen gingen, und das war so angenehm, daß sie sich nicht mehr loslassen wollten.

»Sie küssen sich«, rief plötzlich eine alte Blechschere so laut, daß es alle im Raum hören konnten und riß den Schnabel weit auf.

Da schämten sich die beiden jungen Scheren, denn sie hatten bis dahin nicht gewußt, was ein Kuß war.

»Es war sonderbar«, flüsterte die Rosenschere.

»Wir werden uns verloben«, antwortete die Blechschere.

»Es wird am besten sein, wenn ihr gleich heiratet«, kreischte wiederum die alte Blechschere, die die Ehe für ein Unglück hielt.

Die Rosenschere und die Blechschere erkannten aber die Bosheit nicht, dankten für den guten Rat und ließen sich von einer im Raum herumschwirrenden Fledermaus trauen.

Auch in die anderen Scheren war inzwischen Leben geraten. Heftige Waffengänge wurden um ein ansehnliches vollschlankes Blechscherenfräulein ausgetragen, die ihrerseits dem Kampf mit Interesse zusah. Eigentlich kamen beide Bewerber für sie in Frage: der kräftige Blechscherenherr mit seiner prächtig gewölbten Brust, an dessen Seite sie ein beschütztes Leben erwarten konnte. Mit seinen starken

Schnabelscheren würde er die Lasten des Alltags von ihr fernhalten und sie weitgehend entlasten ...

Aber auch der Rosenscherenherr war nicht zu verachten. Diese gebogene Nase, diese fliehende Stirn und dazu diese großen wissenden Augen! Sicher würde ihr Leben an seiner Seite reich an geistigen Genüssen sein – aber müßte sie nicht vielleicht die Arbeit tun, die gewöhnliche alltägliche Arbeit? Nach seinem Aussehen zu urteilen war er ein Lebemann, der den Ernst des Lebens nicht ermessen konnte. Nein, auch dieser in den Mundwinkel herabgezogene Mund! Ein Spötter. Sicher würde er eines Tages auch über sie, die kleine unbedeutende Blechschere, die Nase rümpfen und seine Mundwinkel noch mehr herabziehen!

Während das Blechscherenfräulein so überlegte, kämpften die beiden Scherenmänner einen erbitterten Kampf. Ihre Köpfe begannen von der Hitze des Gefechts weiß zu glühen. Sie fingen an, einander zu hacken und zu zwicken.

Die Blechscherendame aber hatte sich für den kräftigeren Freier der eigenen Rasse entschieden. Diese Entscheidung entsprach ihrer vernünftigen Blechscherennatur, während der Rosenkavalier, der seine Niederlage noch nicht ahnte, weiter aussichtslos um seine Liebe focht.

Am nächsten Morgen, als der Versand vorgenommen wurde, legte man Blechschere an Blechschere und Rosenschere an Rosenschere. Auch das junge Ehepaar aus Blechschere und Rosenschere, das die Fledermaus getraut hatte, wurde auseinandergerissen. Die kleine Rosenschere wurde in die Kiste zu den Rosenscheren gepackt, wo schon der verschmähte Rosenscherenherr lag, der junge Blechscheren-Ehemann kam zu dem neugebackenen Blechscheren-Ehepaar.

Der Rosenscherenherr interessierte sich sogleich für die vereinsamte kleine Rosenschere. Aber diese nahm ihre junge Ehe ernst, und das süße Werben des Rosenkavaliers war wiederum vergebens. Der von seiner jungen Frau getrennte Blechscherenherr fand jedoch sogleich in freundschaftlicher Weise Anschluß an das gleichgesinnte Blechscherenpaar und wurde diesem ein treuer Hausfreund.

Während nun die Rosenscherenfrau in stiller Trauer in dem Gerätekeller einer Villa ruhte und auf die wenigen Augenblicke wartete, in denen der Hausherr sie zur Hand nahm und einen Strauß schöner Blüten mit ihr schnitt oder auch nur wuchernde Triebe an den Rosenstöcken stutzte, führte der Blechscherenherr ein abwechslungsreiches, erfüllte Leben. Hunderte von Büchsenblechen waren schon durch seine Zangen gegangen und hatten haltbare Hüllen für Obst, Gemüse, Fleisch und Fisch geschaffen. Je bedeutungsvoller ihm seine Tätigkeit erschien, um so schattenhafter wurde in ihm die Erinnerung an seine kleine Rosenscherenfrau.

Eines Tages wollte es der Zufall, daß die Rosenschere in einen Werkzeugkasten geriet, der von dem Hausherrn in die Fabrik mitgenommen wurde, wo die Blechschere Tag für Tag Weißblech und Schwarzblech für Konservendosen schnitt.

Als am Abend die Blechscheren an ihren Platz zur Nachtruhe gelegt wurden, erkannte plötzlich die vereinsamte Rosenschere ihren Mann. Sie stieß einen unartikulierten Schrei aus, der wie das Kreischen einer eingerosteten Türangel klang, und stürzte sich vom Regal zu ihm in die Tiefe.

»Wie glücklich bin ich«, seufzte sie. Auch er war gerührt, seine Frau wiederzusehen, denn sie kam ihm nach all den Blechscheren jetzt doppelt schön und elegant vor.

»Erzähle mir, was du inzwischen getan hast, meine Liebe«, sagte er.

»Ach«, meinte sie traurig, »ich habe an dich gedacht. Selbst in der strahlendsten Sonne, wenn ich blühende Rosen schnitt, mußte ich an dich und deine Umarmungen denken.«

»Nun, blühende Rosenstöcke und ein paar Sonnenstrahlen können auch ein Scherenherz nicht ausfüllen«, meinte der Blechscherenherr verächtlich. »Bei mir war das etwas anderes. Ich habe lebenswichtige Arbeit geleistet und fand kein Zeit zu unnützem Nachdenken.«

»Oh«, sagte die Rosenschere gekränkt, »du hältst es also für unnütz, daß ich an dich gedacht habe? Hätte ich das etwa nicht tun sollen?«

»Selbstverständlich solltest du an mich denken«, beeilte sich der Blechscherenherr zu sagen. »Jede anständige Frau denkt an den von ihr getrennten Ehemann. Aber du willst doch nicht etwa behaupten, daß deine Tätigkeit, Rosen zu schneiden, lebenswichtig sei?«

Als sie nicht antwortete, setzte er hinzu: »Ich meine jedenfalls, nicht so lebenswichtig etwa wie Büchsenbleche schneiden?«

Die kleine Rosenschere schluckte. Dann sagte sie trotzig: »Ja. Liebster, gerade das möchte ich behaupten.«

Der Blechscherenherr schnappte mit seinen Zangen ein paar Mal nach Luft. Dann, als er sich wieder in der Gewalt hatte, erwiderte er gemessen: »Du erlaubst, daß ich dir einmal mein Arbeitsgebiet schildere. Ich glaube, du hast die Bedeutung meiner Tätigkeit noch nicht erkannt. Das Blech, das ich schneide, wird zu haltbaren Büchsen verarbeitet, in die Lebensmittel für die Menschen kommen. Die

Menschen aber sind das Höchste, was die Erde hervorgebracht hat. Auch wir verdanken ihnen unser Dasein. Wenn eine Notzeit kommt, in der die Menschen sonst verhungern müßten, brauchen sie nur meine Büchsen zu öffnen und können sich von neuem stärken. Ich schaffe also mit meiner Arbeit die Grundlage zum Weiterbestand des Menschengeschlechts.«

Er schwieg. Die Rosenschere aber lächelte, als habe sie seine Rede gar nicht vernommen.

»Wenn mich der Hausherr in die Hand nahm«, sagte sie, »um zu den Rosenstöcken zu gehen, die noch im Tau standen oder in der Abendsonne glänzten, spürte ich die Zärtlichkeit in seinen Fingern. Wir schritten wie zwei Freunde an den Rosenbeeten entlang. Das war ein Duften und Leuchten. Er wählte die schönsten Blüten aus, und ich durfte die Stiele der Rosen durchtrennen. Den Strauß brachte er seiner Frau.«

»Nun ja, was soll ein Mann mit einem Blumenstrauß sonst tun?«, warf die Blechschere geringschätzig ein.

»Einmal wählte er jedoch nur eine Blüte aus. Sie war von besonderer Schönheit, elfenbeinfarben, doch in ihrer Mitte zartgetönt wie rosaschimmernder Marmor, und er trug die Rose zu seiner Frau. Es war der Tag, an dem sie ihm eine Tochter geboren hatte. Ich befand mich noch in seiner Hand, als er das Zimmer betrat und erlebte alles mit. Ich sah seine Frau blaß und erschöpft in den Kissen schlafen und ein winziges Köpfchen mit blondem Flaum daneben. Er legte die Rose auf die Decke und küßte sie zart auf die Stirn. Als sie erwachte, sah sie die von mir geschnittene, taufrische Rose ihres Gatten neben sich liegen. Die Freude darüber ließ ihre Wangen erglühen und machte sie gesund.«

»Pah«, stieß die Blechschere hervor, »eine kräftige Suppe aus einer meiner Konservenbüchsen hätte ihr jedenfalls ebensogut und vielleicht noch besser geholfen.«

Unbeirrt erzählte die Rosenschere weiter. »Eines Tages schnitt der Hausherr wieder einen Strauß von Rosen. Er legte ihn auf den Rücksitz seines Wagens und mich daneben, als er unerwartet von seiner Frau angerufen wurde.

›Wo fährst du hin?‹, fragte sie.

›Ich habe in der Stadt zu tun‹, antwortete er und vergaß mich im Wagen. So blieb ich neben dem Rosenstrauß auf dem Polster des Rücksitzes liegen und begleitete ihn auf seiner Fahrt.

Wir fuhren in die Stadt, an einem hohen Haus vorbei, und der Herr hupte. Da erschien eine junge Dame. Er öffnete die Wagentür, und sie stieg ein. Er holte die Rosen hervor und gab sie ihr. Als er ihr aber einen Kuß geben wollte, fiel der Rosenstrauß von ihrem Schoß, und die Dornen der Rosen verfingen sich in den Maschen ihres Strumpfes.

›Mein Strumpf‹, sagte sie, ›mein neuer Strumpf ist zerrissen ...‹

›Laß doch‹, sagte er, ›das ist nicht so wichtig‹ und versuchte, sie an sich zu ziehen.

Aber sie wehrte sich.

›Natürlich ist das wichtig‹, fuhr sie auf, ›ein Paar so gute Strümpfe kosten Geld.‹

›Laß doch, du bekommst sie wieder.‹

›Das kannst du leicht sagen. Fünf Minuten später hast du's vergessen.‹

Er versuchte, sie von neuem an sich zu ziehen.

›Nein‹, sagte sie, ›meine Laune ist verdorben. Ich bin nicht aufgelegt zu Zärtlichkeiten.‹

Er schwieg. Sie hatte es nicht gemerkt.

›Wo soll ich nur die Rosen hinlegen, daß sie mir mit ihren Dornen nicht noch mehr zerstören?‹

Er schwieg. Sie merkte es nicht.

›Rosen – kein sehr praktisches Geschenk für ein Auto, in dem man so eng sitzt.‹

›Nein‹, sagte der Herr, ›eine Dose Roastbeef in Remouladensoße wäre praktischer gewesen.‹«

Hier pflichtete die Blechschere plötzlich bei: »– ein guter Gedanke!«

»Ja, so ähnlich antwortete auch die Dame. Sie war jetzt besserer Laune und wollte sich an den Herrn anschmiegen ...

Aber er wehrte ab. ›Es tut mir leid, daß ich dich heute nicht begleiten kann. Ich fühle mich nicht wohl. Vielleicht habe ich eine Fleischvergiftung. Du mußt mich bitte entschuldigen.‹

›Gern, gern‹, sagte sie gereizt. ›Erst schenkst du mir Rosen, die mir meine neuen Strümpfe zerreißen, und nun hast du eine Fleischvergiftung. Ich verstehe schon – du möchtest allein sein?‹

›Du hast recht‹, sagte er, ›ich möchte wirklich gern allein sein ...‹

Ja, und als wir bei der Villa wieder angelangt waren, war noch Licht im Schlafzimmer der Frau. Als es Morgen wurde, hörte ich den Herrn sehr früh in die Garage stolpern und nach mir suchen.

›Wo ist die verflixte Rosenschere?‹, sagte er, ›wenn man sie braucht, ist sie nicht da.‹ Und ich strengte mich an, einen Ton herauszubringen, aber es half nichts. Dann versuchte ich es mit Blinken. Und als er an dem Wagen vorbeikam, glänzte ich so stark mit meinen Scheren, daß er in den Wagen blickte und mich sah.

Er nahm mich mit in den Garten und hielt mich genau so zärtlich in seinen Fingern wie damals, als ihm seine Tochter geboren wurde. Nur heute schnitt er dunkelrote Rosen. Sie dufteten mit betäubender Süße.

›Sie wird sich freuen‹, sagte er vor sich hin, ›sicher wird sie sich freuen.

... aber mit Roastbeef ist's aus.‹«

»Willst du behaupten, daß er das wirklich gesagt hat?«, fragte die Blechschere spitz, die gespannt zugehört hatte.

»Wenn er es nicht gesagt hat, so habe ich es jedenfalls auf seiner Stirn gelesen.«

»Du findest also auch, daß Rosen wichtiger sind als Roastbeef-Dosen?«

»Es liegt nun einmal in meiner Natur ...«, sagte sie bekümmert.

»Gut, dann weiß ich, woran ich bin. Ich werde jedenfalls weiter Blech schneiden. Schneide du soviel Rosen du magst – mich kümmert es nicht mehr –«

Damit drehte er sich um.

Am Morgen wurde die Blechschere wieder zur Arbeit mitgenommen.

Die Rosenschere blieb unbeachtet im Regal liegen – ja, man stieß sie sogar mit dem Fuß aus dem Weg.

Als der Hausherr sie nach ein paar Tagen dort liegen sah, wunderte er sich, wie seine Rosenschere in die Fabrik gelangt sei. Und noch mehr wunderte er sich, daß sie schon in dieser kurzen Zeit ganz mit Rost bedeckt war.

›Der Keller ist doch trocken‹, dachte er.

Er wußte nicht, daß auch Rosenscheren weinen können.

Das Kartoffelmännchen

*E*s war einmal ein Mädchen, das an nichts anderes dachte als tanzen. Aber das Mädchen war arm und hatte noch viel jüngere Geschwister, und der Vater war plötzlich an einer Lungenentzündung gestorben. So mußte das Mädchen, weil es die älteste Tochter war, zusehen, wie es für sich und die Familie Geld verdienen konnte.

Bald wurde sie in einer Gastwirtschaft als Hilfe angenommen. Das Tellerspülen machte ihr Spaß. Das klapperte und blinkte, und ihre Gedanken flogen dabei in die Ferne.

Aber was sie nicht gerne tat, war Kartoffelschälen. Um fünf Uhr mußte sie bereits in den Keller zum Kartoffelauslesen und einen großen Topf voll davon zubereiten.

Immer aber, wenn sie die Kartoffeln heraufgeholt und in die Küchenecke neben die Holzschuhe gestellt hatte, dachte sie für sich: Wenn nur eine Kartoffel aus Gold wäre, was könnte ich da alles unternehmen ... und meine Holzpantoffel Tanzschuhe, was könnte ich da gut tanzen!

Es war Anfang Februar, da kam sie wieder einmal die Kellertreppe herauf, stellte Korb und Pantoffel nebeneinander in die Ecke und hatte wie immer ihre törichten Gedanken.

Aber da am Abend gerade ein großes Fest im Nachbarort war, seufzte sie laut und sagte in ihrem Kummer: »Wenn doch eine solche Kartoffel aus Gold wäre und meine Holzschuhe Tanzschuhe, wie wollte ich froh sein!«

In diesem Augenblick knisterte es im Korb, als ob eine Maus dort raschle, und die Schuhe knirschten, als gingen sie über Kies. Und als das Mädchen genauer hinsah, standen dort die hübschesten silberglänzenden Tanzschuhe, und eine Kartoffel glänzte wie pures Gold.

Ohne sich Gedanken zu machen, griff das Mädchen zu und versteckte ihre Schätze in der Schürze. In ihrer Kammer probierte sie die Schuhe an: sie paßten ihr wie angegossen, und die Kartoffel war wirklich zu Gold geworden.

Sie grübelte den ganzen Tag über, wie dies alles wohl gekommen sei, und des öfteren lief sie in ihre Kammer, um zu sehen, ob sie nicht geträumt habe und dort nur Holzschuhe und eine Kartoffel lägen. Aber alles stimmte.

Sie machte sich nun keine Gedanken mehr über deren Herkunft

und meinte, das würde sich schon klären. Jedenfalls wollte sie am Fest teilnehmen.

Als es Mittag wurde, begann sie über Kopfschmerzen zu klagen, verdrehte die Augen und lehnte sich an den Küchenschrank, so daß ihre Frau von Mitleid erfaßt wurde und sie zu Bett schickte. Sie ging auch in ihre Kammer, wusch sich fein sauber und kroch unter die Decke.

»Nun, wie geht es?« fragte die Frau, als sie kam, um nach ihr zu sehen.

»Schlecht« sagte das Mädchen, »ich möchte einen Arzt aufsuchen.«

»Gut« sagte die Frau.

Und das Mädchen stand auf, zog sich gut an und ging ins Nachbardorf. Unter der Jacke trug sie die silbernen Tanzschuhe und in einem kleinen Beutel die goldene Kartoffel.

Als sie aber die Treppe zum Tanzsaal ersteigen wollte, humpelte eine alte Frau vor ihr her. Sie trug einen Henkelkorb mit Kartoffeln. Kaum hatte das Mädchen die Kartoffeln gesehen, dachte sie an ihr Glück, und sie sagte: »Warte, Großmutter, laß mich die Kartoffeln für dich nach oben tragen. Ich habe jüngere Füße.« Und sie nahm den Henkelkorb und trug ihn der Alten.

»Vergelt's Gott!« sagte die Alte.

Und als die ersten Fiedelstriche ertönten, schwang sich das Mädchen schon im Tanz.

Am nächsten Morgen, als die Frau aufstand, war das Mädchen bereits in der Küche, denn sie hatte sich gar nicht erst hingelegt.

»Was macht das Kopfweh?« fragte die Frau.

»Besser. Wenn ich heute nur spazierengehen dürfte!«

»Wenn du mit der Arbeit fertig bist, kannst du schon ein wenig spazierengehen.«

Da wurde das Mädchen rot vor Freude, und sie lief schnell in die Kammer, um zu sehen, ob die silbernen Schuhe noch dort stünden und die goldene Kartoffel noch in der Schublade liege.

Als sie sich davon überzeugt hatte, arbeitete sie den ganzen Tag über besonders eifrig. Als das Abendessen vorüber war, sagte die Frau: »Nun kannst du noch ein wenig an die Luft gehen.«

Und das Mädchen ging in ihre Kammer und zog sich gut an, steckte die Tanzschuhe unter ihre Jacke und nahm die goldene Kartoffel an sich.

Kaum aber war sie auf dem Weg ins Nachbardorf, da begegnete sie einem alten Mann, der auf einem kleinen Wagen einen Sack Kartoffeln zog. Aber der Sack war schlecht zugebunden, die

Kartoffeln fielen heraus, und er stöhnte und ächzte unter seiner Last.

Als sie die Kartoffeln herausfallen sah, dachte sie an die goldene Kartoffel in ihrem Bündel, und sie rief: »Väterchen, warte, ich will dir ein wenig helfen! Du verlierst ja die schönsten Kartoffeln!«, und sie band den Sack fest zu und schob den Wagen von hinten an, so daß er plötzlich ganz leicht dahinrollte.

»Vergelt's Gott!« rief der Alte, als er bei sich zu Hause angekommen war.

Da hörte sie auch schon wie am Vortag die ersten Striche der Fiedel, und gleich war sie wieder mitten im Tanz ... Was sie aber nicht bemerkt hatte, war, daß ihre Kleider, wenn sie den Tanzsaal betrat, von einem Goldschimmer überzogen wurden.

Es geschah aber, daß derselbe Bursche, der sie am gestrigen Abend zum Tanz aufgefordert hatte, wieder auf sie wartete.

Seine Augen glänzten, als er sie sah, und er preßte sie beim Tanz an sich. »Ich liebe Dich« sagte er.

Aber sie lachte nur, denn sie wußte, ihr Tänzer war der einzige Sohn eines großen Bauern, und sein Bauernhof war der prächtigste in der ganzen Gegend.

Als es Mitternacht wurde, stahl sie sich davon in ihre Kammer. Ihr

Herz war schwer, denn auch sie liebte den Burschen und wußte doch, daß er nie ein armes Mädchen wie sie heiraten dürfe.

Den ganzen nächsten Tag war sie niedergeschlagen, und die Frau bemerkte es.

»Warum bist du so niedergeschlagen?« fragte sie das Mädchen, denn sie hatte das Mädchen gern. »Willst Du vielleicht deine Mutter besuchen?«

Da leuchteten die Augen des Mädchens auf, und sie nickte.

Als es Abend wurde, schlüpfte sie wieder in ihre Kammer und steckte die Tanzschuhe und die kleine goldene Kartoffel zu sich.

Es war aber der dritte Tag des Festes und der letzte, an dem getanzt wurde.

Heute will ich noch einmal tanzen, dachte sie. Nie wieder wird es so schön sein wie jetzt!

Als sie bei ihrer Mutter eintrat, saß gerade die ganze Familie zum Essen versammelt. Auf dem Tisch dampfte eine große Schüssel Kartoffeln, und die kleinen Geschwister warteten, daß die Mutter ihnen die Kartoffeln schälen, schneiden und in die Milchsuppe schütten würde.

Kaum aber sah das Mädchen die dampfenden Kartoffeln, mußte sie an die goldene Kartoffel in ihrem Beutel denken, und sie sagte zu den

Geschwistern: »Wartet, ich schäle euch die Kartoffeln«, und sie setzte sich zu ihnen und schälte ihnen die Kartoffeln so schön, daß nicht ein einziges schwarzes Auge mehr daran war.

Dann verabschiedete sie sich, und die Mutter sagte: »Du warst sehr lieb. Warte, du gehst zum Tanzen: Ich habe einen schönen bunten Schal, der wird dir gut stehen.« Und sie holte aus einer besonderen Truhe einen buntschimmernden Schal und gab ihn der Tochter.

Da hörte das Mädchen die Fiedel aufspielen, und schon tanzte sie wieder im Arm ihres Burschen.

»Wo warst du gestern um Mitternacht?« fragte er.

»Oh, ich hatte meinen Fuß verstaucht und konnte nicht mehr tanzen« sagte sie.

»Ich liebe dich« sagte er, »und ich will dich heiraten.« Und er preßte sie wieder an sich, und sie war so glücklich und traurig zugleich, daß sie fast die Besinnung verlor.

Als es Mitternacht wurde, schlich sie sich wieder davon, denn sie brachte es nicht über sich, ihm zu sagen, daß sie nur eine einfache Dienstmagd war. Sie wußte, daß der Großbauer niemals eine arme Schwiegertochter haben wolle.

Der Bursche aber hatte, ohne daß sie es bemerkte, einen kleinen Zipfel ihres Tuches abgeschnitten und in seine Jackentasche gesteckt.

Als sie in ihrer Kammer angelangt war und die Schuhe auszog, waren es mit einem Mal wieder ihre alten Holzpantoffeln, und als sie die kleine Kartoffel aus dem Beutel holte, war es ein schrumpeliges braunes Ding.

»Der Traum ist aus« sagte sie und nahm in ihrer Trauer ein kleines Küchenmesser, das auf der Kommode lag, und wollte die Kartoffel in kleine Stücke schneiden.

Aber kaum hatte sie die Kartoffel einmal durchgeschnitten und setzte gerade zum zweiten Schnitt an, da quietschte es jämmerlich unter ihren Händen, und sie ließ die Kartoffel auf die Kommode fallen.

»Beinah hättest du mich zerschnitten!« rief ein piepsiges Stimmchen. »Hast du denn nicht gemerkt, daß ich in der Kartoffel wohne, die du mit dir herumgetragen hast?« Da schaute sie genau hin und sah im Mondschein ein kleines Männchen auf der Kartoffel sitzen.

»Wer bist du denn?« fragte sie.

»Ich bin das Kartoffelmännchen. »Ich habe dir die silbernen Schuhe beschert und deine Kleider mit einem Goldhauch überzogen, weil du jeden Morgen meine Kartoffeln so schön aussortierst, wäscht und schälst ... Weil du aber gerade mein Haus und mich geschont hast, will ich dir noch weiter helfen: unten im Keller, wo immer die Holzpantoffeln stehen und die Kartoffeln liegen, steht ein Blumentopf mit einem Myrtenbäumchen. Hol den Topf herauf, stell ihn an dein Fenster. Wenn es dir gelingt, das Myrtenbäumchen zum Blühen zu bringen, wirst du den heiraten, den du von Herzen liebst.«

»Aber das Myrtenbäumchen im Keller ist schon halb vertrocknet!« rief das Mädchen verzweifelt.

»Wenn du deine ganze Liebe darauf verwendest, wird die Myrte wieder blühen. Alles hängt von dir ab.«

Mit diesen Worten verschwand das Männchen. Es blieb nur eine graubraune Kartoffel auf der Kommode zurück.

Das Mädchen aber nahm ein Licht und stieg sogleich in den Keller hinab, um das Myrtenbäumchen zu holen, denn es wollte keine unnötige Zeit versäumen, es zu pflegen.

In den folgenden Wochen schaute das Mädchen täglich auf den Blumenstock.

Es achtete darauf, daß er die ersten Strahlen der Frühlingssonne bekam oder schob ihn in eine andere Ecke des Fensterbretts, wenn sie zu heiß durch das Fenster strahlten. Eines Tages sah sie dann auch, wie an den trockenen Ästen des Bäumchens kleine grüne Kugeln auftauchten. Da wußte sie, daß er bald grüne Blätter bekommen würde. Aber immer, wenn sie auf das Myrtenbäumchen schaute, hörte sie in ihrem Inneren die Stimme des Burschen, wie er sagte: »Ich liebe dich!« und dann wiederholte sie leise seine Worte: »Ich liebe dich!« Sie glaubte fest an die Worte des Kartoffelmännchens, daß sie, wenn das Myrtenbäumchen blühte, sie ihren Liebsten heiraten würde.

Wie das geschehen könnte, darüber machte sie sich keine Gedanken.

Trotz aller Zuversicht litt sie darunter, daß sie nicht wußte, ob auch der Bursche noch an sie dachte. »Wenn ich nur wüßte, ob er mich noch liebt!« seufzte sie manchmal am Abend vor dem Einschlafen.

Einmal begegnete er ihr auf der Straße. Aber sie hatte nur ihre Arbeitskleider an, nackte Beine und die alten Holzpantoffeln an den Füßen. Da erschrak sie bei aller Freude und versteckte sich schnell hinter einem Baum.

Als sie wieder einmal, ganz in Gedanken an ihn versunken, die Dorfstraße entlang ging, begegnete ihr die Alte, der sie einmal den Henkelkorb getragen hatte.

»Du scheinst schwermütig zu sein!« sagte die Alte freundlich: »Ich weiß, du denkst an deinen Tänzer vom Fest.«

»Ja«, gab das Mädchen zu, »ich denke immerzu an ihn, aber ich weiß nicht, ob er mich auch noch liebt. Wenn ich nur wüßte, wie es um ihn steht.«

Die Alte lachte etwas, so als ob der Kummer des Mädchens eine Kleinigkeit sei. Dann zog sie einen kleinen runden lindgrünen Handspiegel aus ihren weiten Rockfalten und gab ihn dem Mädchen.

»Hier hast du, was du dir wünschst: Wenn du in den Spiegel schaust, siehst du sogleich deinen Burschen ... einmal am Tag gibt dir der Spiegel Auskunft.«

Das Mädchen war überglücklich. Als sie sich bedanken wollte, war die Alte verschwunden.

Kurz darauf erkrankte ein Schwesterchen des Mädchens. Es lag mit glühendem Kopf und hohem Fieber zu Bett. Die Mutter rief das Mädchen über die Mittagszeit zuhilfe. Sie setzte sich ans Bettchen, legte kalte Tücher, aber das Kind wimmerte weiter vor Schmerzen. Das Mädchen war verzweifelt.

Da begegnete ihr auf dem Rückweg zum Gasthof der alte Mann, dem sie den Wagen mit dem Kartoffelsack hatte ziehen helfen.

»Ich bin dir Dank schuldig«, sagte er, »nun kann ich dir helfen.

Reibe dies auf der Stirne der Kranken ein – und du wirst sehen, alle Schmerzen verschwinden.« Und er gab ihr ein helles, durchscheinendes, rechteckiges Fläschchen, in dem einige Pflanzen schwammen.

Das Mädchen machte große Augen, nahm das Fläschchen, bedankte sich und kehrte sogleich zu seinem Schwesterchen um. Sie strich das milde duftende Öl auf seine Stirn, und schon nach einigen Minuten schlug das Kind die Augen auf und lächelte. Die Schmerzen waren vergangen. Das Mädchen aber schloß das Fläschchen, das noch halbvoll war, zu dem Spiegelchen in ihre Kommode.

Das Osterfest nahte. Sie hatte Sehnsucht nach dem Burschen. Aber sie wußte, ihre Zeit war noch nicht gekommen.

Da sah sie in ihrem Spiegel, daß die Familie des Großbauern Besuch von einem Mädchen mit seinen Eltern bekam. Sie war schwarzlockig, hatte dunkle glänzende Augen und einen vollippigen Mund. Das Herz zog sich ihr zusammen, denn sie wußte, daß der Bursche diese zur Frau nehmen sollte.

Sie starrte in das Spiegelchen, und die Tränen liefen ihr über das Gesicht. Aber wie erstaunte sie, als der Bursche nur störrisch den Kopf schüttelte und in aller Stille das Zipfelchen, das er von ihrem

Schal abgeschnitten hatte, aus der Tasche zog, es küßte und leise wie damals sagte: »Ich liebe dich – und ich will nur dich heiraten!«

Da küßte sie auch das Spiegelchen und glaubte, daß das Kartoffelmännchen recht behalten würde ... Das Myrtenbäumchen trieb schon kleine Blättchen, die wie grünlackiert aussahen.

So vergingen der April und Mai. Das Wetter war unbeständig, mal warm, mal kalt, mal regnerisch, mal glühend heiß. Eine böse Grippe ging um.

Als das Mädchen wieder einmal in der Gastwirtschaft aushalf, hörte sie, wie an einem Tisch die Leute sagten: »Der arme Großbauer. Jetzt hat's ihn arg erwischt! Seine Frau liegt auf den Tod! Tag und Nacht sitzt er an ihrem Bett. Er ist am Zusammenbrechen, ist abgemagert, die Augen liegen ihm in den Höhlen.«

Als sie an diesem Tag in ihre Kammer trat, traute sie ihren Augen nicht: Das Myrtenbäumchen hatte zu blühen angefangen! Da wußte das Mädchen, daß die Zeit reif war. Sie zog ihren Sonntagsstaat an, bürstete ihr blondes Haar, flocht es zu einem Zopf und steckte das Fläschen mit dem heilenden Öl in ihren Beutel. Dann machte sie sich auf den Weg zum Großbauern. Das Spiegelchen hatte ihr gesagt, daß auch der Bursche zu Hause war.

Die Hunde schlugen wütend an und zerrten an der Kette, als sie sich dem Haus näherte. Aber ein alter Knecht, dem das saubere Mädchen gefiel, hielt die Hunde fern, so daß es das Haus betreten konnte.

Auf ihr Klopfen an der Zimmertür antwortete niemand. Sie öffnete die Tür und sah den Großbauern am Tisch sitzen, den Kopf auf die Arme gelegt, ohne sich zu rühren. Er schaute auch nicht auf, als sie sich näherte.

»Wo ist die Bäuerin?« fragte das Mädchen. »Ich suche die Kranke ... ich kann ihr helfen.« Dies sagte sie mit einer glockenhellen, glockenreinen Stimme, so daß der Bauer nun den Kopf hob und sich nach ihr umschaute.

»Du willst der Bäuerin helfen können? Bist du ein Engel oder ein Teufel?«

»Ich habe ein heilendes Öl, das vor kurzem erst meine kleine Schwester vor dem Tod gerettet hat. Ich komme, um auch ihre Frau damit zu retten!«

Der Bauer erhob sich, das Haar stand ihm wild um den Kopf, die Augen hatten große Tränensäcke und waren gerötet. »Dann komm mit mir!«

Er ging zur Tür, die in das Nebenzimmer führte. Das Zimmer war verdunkelt. Mit Mühe konnte sie das Bett finden und die darin liegende Person sehen, die den Kopf zur Seite gedreht hatte. Sie rührte sich nicht.

Der Bauer rief seine Frau an. Aber sie rührte sich nicht. Das Mädchen trat ans Kopfende des Bettes, öffnete seinen Beutel und holte das Fläschchen mit dem Öl heraus. Als es das Öl aus dem Beutel zog und hochhielt, um es dem Bauern zu zeigen, da fingen die Pflanzenteile im Fläschchen zu leuchten an, bis schließlich das ganze Fläschchen in einem milden Licht erstrahlte.

Das Mädchen wunderte sich nicht, nachdem, was es schon alles erlebt hate, aber der Bauer fiel vor dem Bett auf die Knie, legte den Kopf auf das Bett und umfing mit seinen Armen, die lang und kräftig wie kleine Baumstämme waren, die im Bett liegende Gestalt seiner Frau.

Das Mädchen hatte inzwischen begonnen, die Stirn der Kranken mit dem Öl einzureiben, dann den Hals und schließlich die Brust. Mit jeder neuen Einreibung kehrten die Lebensgeister der Kranken zurück. Als das Mädchen seine Behandlung beendet hatte, ergriff die Kranke seine Hand und hielt sie fest.

»Bleib bei mir,« sagte sie bittend, »verlaß mich nicht!« Und als der Bauer die Worte seiner Frau hörte, bat auch er das Mädchen, noch zu bleiben.

Es war Mittag geworden, die Sonne strahlte von einem blauen Himmel, und der Bauer fragte seine Frau: »Möchtest du, daß wir das Fenster öffnen?«

»Ja«, sagte sie, »ich fühle, wie die Krankheit mich verläßt und meine Kräfte wiederkommen.«

In diesem Augenblick trat auch der Bursche ins Zimmer. Als er das Mädchen sah, durchfuhr es ihn wie ein Schlag. »Das ist sie!« rief er aus und schaute seine Mutter an, »das ist sie, die ich liebe und die ich heiraten will!«

Die Mutter drehte sich zu dem Mädchen um und schaute es lange an. »Du hast mir geholfen ... Was du für schöne Augen hast: klar, rein und blau wie ein Bergsee, so wie sie auch der Großbauer hat. So eine Schwiegertochter habe ich mir schon immer gewünscht.« Als der Großbauer diese Worte seiner Frau hörte, packte ihn die Rührung, und er schloß das Mädchen in seine Arme. Der Bursche aber küßte voll Dankbarkeit seine Mutter.

Der schwarze Zweig

Es war einmal eine alte Frau, die in einem einsamen Bauernhof auf einer Anhöhe lebte. Ihr Mann war vor Jahren beim Fällen der Bäume von einem Baum erschlagen worden. Sie lebte nun mit zwei Söhnen allein auf ihrem Hof, verrichtete alle Arbeit, so gut es ging, alleine und wartete darauf, daß die Söhne heranwüchsen.

Der ältere Sohn war groß, kräftig, ein bißchen rundlich und blondhaarig, aber faul. Er hatte keine Lust, bei der Hofarbeit mit anzufassen. Am liebsten lag er in der Sonne und träumte in die Welt hinein. Der jüngere Sohn war schmächtig, gertenschlank, braunhaarig und von sensibler Natur. Er tat alle Arbeit wie geheißen.

Die Mutter schätzte aber vor allem den kräftigen, hübschen, vollschlanken Burschen, und sie wartete mit Ungeduld darauf, daß er sich ein Mädchen aus dem Dorfe zur Heirat suchen würde. Ihr großer Wunsch war eine gesunde Schwiegertochter und Enkel, die auf dem Hofe mithelfen würden.

Aber die Zeit verging, und beide Söhne zeigten keine Neigung zu heiraten. Der erste, weil er zu faul und bequem war und sich bei der Mutter gut versorgt fühlte, der zweite, weil er einfach zu schüchtern war, um sich einem Mädchen zu erklären.

In ihrer Verzweiflung – und weil sie nicht wußte, was sie tun sollte – ging die Bäuerin hinter das Haus, wo ein Stapel gefällter Baumstämme noch aus Lebzeiten ihres Mannes lag, setzte sich und grübelte, was sie unternehmen könne, daß der Ältere endlich heirate.

Es fiel ihr aber nichts ein, und so seufzte sie ganz laut: »Mann, kannst du mir nicht helfen? Gib mir einen guten Rat. Du siehst, ich bin am Ende mit meinen Kräften!«

Und wie sie so dasaß, hörte sie plötzlich die Stimme ihres verunglückten Mannes, die sagte: »Liebe Frau, du siehst unter den Baumstämmen einen, der weiße, krüppelige Äste in die Luft streckt. Brich einen Zweig davon ab, lege ihn unter das Kopfkissen des ältesten Sohnes und sage zugleich deinen Wunsch.«

Die Bäuerin war hocherfreut und brach einen weißen Zweig von dem angegebenen Baum ab und kehrte damit ins Haus zurück.

Abends ging sie in die Kammer der Söhne, legte dem ältesten den weißen rindenlosen Zweig unter das Kopfkissen und sagte dabei: »Erfülle meinen Sohn mit Liebeslust, denn er ist träge wie ein Murmeltier und will nicht heiraten.« Dann schlich sie sich in die Küche und wartete ab.

Im Dorf unten lebte aber eine hübsche, vollbusige Bauerntochter auf einem schönen Hof; die hatte seit langem ein Auge auf den großen stattlichen Burschen der Waldbäuerin geworfen. Als am nächsten Tag im Dorf ein Tanzvergnügen stattfand, hatte der Älteste plötzlich große Lust, zum Tanzen zu gehen und tanzte dort mit Rosalind bis in die frühen Morgenstunden. Bevor sie sich trennten, flüsterte sie: Wenn Du willst, komm morgen um Mitternacht zu mir!«

Er sagte ihr zu.

Als die Bäuerin von der Verabredung mit der schönen reichen Bauerstochter Rosalind hörte, frohlockte sie in ihrem Herzen. Beim Abendessen sagte sie: »Du mußt heute kräftig essen!« und stellte ihm eine extra Portion Knödel, Schweinebraten und Sauerkraut auf den Tisch, die er mit großem Appetit verspeiste.

Als es Mitternacht war, wartete Rosalind vergebens, denn der Bursche hatte durch das gute Essen einen so tiefen Schlaf, daß er den Wecker überhörte.

Am nächsten Tag schlich er zu Rosalind und entschuldigte sich, daß die Mutter ihn im Stall gebraucht habe, da eine Kuh gekalbt hätte.

Rosalind schmollte ein wenig und sagte dann: »Also gut, dann komm morgen!«

Als es Abend wurde, mäßigte er sich beim Essen, aber nach dem Essen dachte er: Ich muß mir Mut antrinken, und außer ein paar Bier kippte er noch einige Steinhäger hinunter.

Als es Mitternacht war, schnarchte er so laut, daß der Wecker nicht dagegen ankam, und wieder hatte er sein Stelldichein verschlafen.

Diesmal zog die Rosalind bei seinen Entschuldigungen schon ein grantiges Gesicht.

Aber er versicherte ihr, daß seine Mutter so an Bauchkrämpfen gelitten habe, daß er sie nicht hätte allein lassen können. Da Rosalind den Burschen aber wirklich gern hatte, verzieh sie ihm wieder und sagte: »Wenn du mich heute wieder umsonst warten läßt, dann brauchst du nicht mehr mit mir zu rechnen.«

Der Bursche überlegte: »Wer könnte mich so laut wecken, daß ich nicht wieder verschlafe?« Er sah sich auf dem Hof um und erblickte den Gockel auf dem Mist. Da kam ihm der Gedanke: Der Gockel kann mich wecken! Er lockte den Gockel mit einer Handvoll Körner heran und erklärte ihm sein Anliegen. Der Gockel, der sehr verfressen war und auf weitere Körner hoffte, sagte zu, um Mitternacht aus vollem Halse vor dem Fenster des Burschen zu krähen.

Da es aber Samstag war und die Bäuerin zum Sonntag einen Braten brauchte, griff sie sich am Abend den feisten Gockel und drehte ihm den Hals um.

Und so kam es, daß der Bursche auch die dritte Mitternacht verschlief, und damit hatte auch alle Liebeslust ein Ende, denn der weiße Zweig hatte nur Kraft, für drei Tage zu wirken.

Die Bäuerin war mehr als ärgerlich, als sie sah, daß aus dieser Verbindung nichts würde, und sie sagte zu ihrem älteren Sohn: »Du elender Faulpelz, du bist zu nichts nütze. Pack dein Bündel und scher dich fort. Vielleicht lernst du in der Welt etwas dazu!«

Nun hingen alle ihre Hoffnungen an dem jüngeren Sohn. Aber wie sich zeigte, war er so schüchtern, daß er selbst nicht soviel Mut hatte, seinem Mädchen, das er liebte, einen Heiratsantrag zu machen. Zwar war seine Auserwählte nur die Tochter eines Tagelöhners, aber fleißig und ordentlich, und so wäre sie der alten Bäuerin auch als Schwiegertochter recht gewesen. Aber so sehr sie auch wartete, es tat sich nichts.

Da ging die Bäuerin wieder zu dem Holzplatz, wo die gefällten Bäume lagen und rief nach ihrem Mann. »Mann, was soll ich tun? Gib mir einen Rat!«

Und die Stimme des Mannes antwortete: »Auf dem Stapel oben ist noch ein zweiter Baum mit weißen rindenlosen Ästen, die sich in die Luft strecken. Nimm wieder ein weißes Zweiglein davon und lege es jetzt unter das Kopfkissen des jüngeren Sohnes und sprich deinen Wunsch aus!«

Die Bäuerin tat wie geheißen und sagte, als sie den Zweig unter das Kopfkissen legte: »Mach ihn so mutig und kräftig, daß er in Kürze sein Liebchen heiratet.«

Am nächsten Tag wartete sie gespannt, ob sich etwas ereigne. Voll Freude sah sie, daß er noch am selben Abend nach der Arbeit den Weg zu seiner Liebsten nahm.

Auch Elsi verabredete mit dem Burschen ein Treffen um Mitternacht. Schließlich wolle sie wissen, ob er zu ihr passe und wie zuverlässig er sei.

Als sich Heiner abends zu Bett legte, war er sehr besorgt, ob er auch rechtzeitig um Mitternacht aufwache. Mit einem Mal surrte ihm eine Mücke laut vor seinem Gesicht und versuchte, ihn zu stechen. Da sagte er: »Mücke, wenn du mich belästigst, töte ich dich – es sei denn, du stichst mich um Mitternacht so heftig in die Nase, daß ich aufwache. Dann kannst du Blut trinken, soviel du magst.«

Die Mücke bedachte sich einen Augenblick. Dann sagte sie zu.

Sie kam pünktlich um Mitternacht und stach den Schlafenden so heftig in die Nasenspitze, daß er hochfuhr und sogleich wach war.

So kam er rechtzeitig zu seinem Mädchen in die Kammer, und sie liebkosten sich. Als er aber gehen wollte, sagte sie: »Ich möchte, daß du morgen um Mitternacht wieder zu mir kommst!« Er erschrak etwas, aber sein Mut war inzwischen so gewachsen, daß er, ohne zu zögern, zusagte.

Am nächsten Tag lag der Bursche in der Mittagssonne neben dem Hofhund im Gras und überlegte, wie er wohl um Mitternacht mit Sicherheit wachwerden könne. Wie er so den Hund streichelte, sah er am Halsband einen Floh hervorkriechen, und er fing ihn mit zwei Fingern und sagte: »Floh, ich werde dich jetzt töten – es sei denn, du stichst mich heute um Mitternacht solange, bis ich wach bin. Dafür kannst du nach Belieben lange mein Blut trinken.«

Der Floh, der lieber Menschenblut als Hundeblut trank, war mit dem Handel einverstanden, und der Bursche trug den Floh in seine Schlafkammer und setzte ihn in sein Bett.

Als Mitternacht kam, hüpfte der Floh schnell quer über Brust und Bauch des Burschen und stach dabei so mit Herzenslust zu, daß der Bursche hochfuhr und sicher noch den braven Floh getötet hätte, wenn der nicht eiligst weggesprungen wäre. Der Junge zog sich aber an und war pünktlich bei seiner Liebsten.

Aber Elsi wollte ihn auch noch eine dritte Nacht auf die Probe stellen. Was blieb ihm übrig, als ihr einen Kuß zu geben und zu sagen: »Mit Freuden, meine Liebste.«

Heiner aber ging mit Sorgen zu Bett und dachte: ›Was mache ich nur, daß ich auch heute nacht rechtzeitig bei ihr bin? Wer weckt mich heute nacht?‹

Und wie er im Bett liegt, sieht er plötzlich, wie eine Wanze über das Kopfkissen läuft. Schnell dupfte er mit seinem Finger darauf und hielt sie fest. »Wanze«, sagte er, »du kommst mir gerade recht, hör zu: Ich töte dich – es sei denn, du kommst um Mitternacht und beißt mich solange, bis ich wach bin. Dafür darfst du dich an mir vollsaufen, bis du kugelrund bist.«

Die Wanze, die sich stark eingequetscht fühlte und die auch der in Aussicht gestellte Lohn reizte, mit dem sie über Jahre hinaus gesättigt sein würde, versprach alles wie gewünscht.

Als es Mitternacht war, kam sie und rutschte den ganzen Oberarm wie auf einer Piste herunter, indem sie immer wieder, in kleinen Abständen, ihren Rüssel in den Arm senkte.

Der Erfolg war großartig: Der Junge schlug, vom Juckreiz gequält, wild um sich und war schneller auf den Beinen als an den Vortagen. So kam er auch beim dritten Mal rechtzeitig zu seinem Schatz.

Nicht lange danach wurde die Hochzeit gefeiert, und die alte Bäuerin glaubte nun, daß sie ihr Ziel erreicht habe und sich bald zur Ruhe setzen könne. Aber es vergingen drei Monate, sechs Monate, neun Monate, aber Elsi, die junge Bäuerin, wurde nicht schwanger.

Die Waldbäuerin war wieder am Rande der Verzweiflung. »Jetzt habe ich eine Schwiegertochter – aber ich bekomme keine Enkel! Was mache ich nur?«

Alle drei, die alte Bäuerin, der junge Bauer und seine junge Frau, waren äußerst niedergeschlagen.

Da wußte die Altbäuerin nichts anderes zu tun, als sich wieder auf die gefällten Bäume zu setzen und ihren Mann zu rufen. Aber diesmal meldete er sich nicht, und wie sie sich umsah, bemerkte sie, daß außer den Baumstämmen mit den weißen Zweigen zuoberst noch ein Baumstamm lag, der gekrümmte schwarze Äste hatte, die sich in die Luft reckten, aber die Form eines Bockshorns hatten.

Sie erschrak ein bißchen und überlegte, was diese schwarzen Äste und ihre Form wohl bedeuten könnten. Aber da die Zweiglein der gefällten Bäume bisher immer eine glückbringende Zauberkraft gehabt hatten, faßte sie den Entschluß und brach das gekrümmte Zweiglein ab und nahm es mit nach Hause. Abends steckte sie den schwarzen Zweig unter das Kopfkissen der jungen Bäuerin und sagte ihr Sprüchlein: »Ich wünsche mir, daß die junge Bäuerin einen Sohn bekommt.«

Und siehe da! Es dauerte nicht lange, da sah man, daß der Bauch der jungen Bäuerin anschwoll und ihr Wunsch in Erfüllung zu gehen schien.

Der Tag der Geburt rückte heran, die Schlafstube wurde hergerichtet: mit Zinkbadewanne und Tüchern, Windeln und Jäckchen, und die Hebamme zur rechten Zeit bestellt.

Die alte Bäuerin und ihr Sohn warteten draußen vor der Kammer, während die Geburt drinnen vonstatten ging. Sie hörten plötzlich den Schrei des neuen Erdenbürgers, und sie fielen sich vor Glück und Erleichterung in die Arme.

Aber die Hebamme hatte ein bestürztes Gesicht, als sie die Tür öffnete und sagte: »Kommt herein und schaut euch das Kindchen an!«

Und als der Jungbauer, die junge Mutter und die alte Großmutter sich über die Wiege beugten, sahen sie, daß das Neugeborene eine schwarze Hautfarbe hatte!

Die alte Bäuerin erschrak sehr, denn sie dachte sogleich daran, daß sie seinerzeit der jungen Bäuerin einen schwarzen Zweig unter das Kopfkissen gelegt hatte, und sie fühlte sich schuldig. Aber sie behielt ihre Gedanken für sich.

Währenddessen begann die junge Mutter zu weinen. »Sicher bin ich schuld daran,« sagte sie, »denn ich habe, um mich zu kräftigen und auch, um besser schlafen zu können, allabendlich ein Glas schwarzen Holundersaft getrunken. Ganz gewiß bin ich schuld an seiner schwarzen Hautfarbe ... Er soll zum Zeichen meiner Schuld »Holunder« heißen.«

Der Kleine wuchs heran, war munter und gescheit zur Freude seiner Eltern und der Großmutter, aber seine Haut blieb schwarz. Als der Kleine älter wurde, merkte er eines Tages, daß seine Hände schwarz waren und die seiner Eltern weiß.

»Warum habe ich schwarze Hände?«, fragte er, »und Ihr habt weiße?«

»Wenn du älter wirst, werden deine Hände auch weiß«, beruhigte ihn seine Mutter, weil sie keine bessere Antwort wußte.

Die alte Bäuerin aber wußte, daß die schwarze Hautfarbe nicht vom Holundersaft kam, sondern von dem schwarzen Zweig, den sie unter das Kopfkissen der Schwiegertochter geschoben hatte, der noch dazu die Form eines Bockshorns gehabt hatte!

»Ein Teufelszweig«, sagte sie zu sich, »ich hätte ihn nicht nehmen dürfen.« Wenn sie aber daran dachte, daß sie diesem Zweig den Enkel – auch wenn er schwarz war – verdankte, bereute sie ihre Tat nicht. Denn der kleine Holler, wie er genannt wurde, war ein reizendes Kerlchen, mit strahlenden schwarzen Augen, flink und klug und die ganze Liebe seiner Eltern. Seit der Geburt des Kindes grübelte die Alte darüber nach, wie sie den Teufelsstreich ungeschehen machen könnte, denn sie war überzeugt, daß es sich um einen Streich des Teufels handle.

Auch der junge Bauer dachte immer wieder über die schwarze Hautfarbe seines Kindes nach. »Dieser verflixte Holunder«, murmelte er vor sich hin, und er ging zur Scheune und holte eine große Axt.

»Dir werde ich den Garaus machen«, sagte er, »daß du keinen anderen mehr mit deinem schwarzen Saft unglücklich machen kannst.«

Aber Elsi hatte ihren Mann mit den Augen verfolgt und sein Vorhaben erraten. »Nein«, rief sie, »Heiner, du darfst den Hollerbaum nicht fällen. Unser Kind trägt seinen Namen. Es würde ihm sicher Unglück bringen, wenn du ihn umhaust.«

Auch die alte Bäuerin hatte ihren Sohn mit der Axt auf den Holunderbusch zugehen sehen. Sie wußte als einzige, daß der Holunder und sein wohlschmeckender schwarzer Schlaftrunk nicht an der Hautfarbe ihres Enkels schuld waren.

Als sie ihren Sohn so unschlüssig mit der Axt in der Hand stehen sah, kam ihr mit einem Mal der Gedanke, daß es vielleicht gut wäre, den schuldigen Baumstamm, von dem sie den unheilvollen schwarzen Zweig gepflückt hatte, zu zerstören.

»Heiner«, rief sie ihn an, »ich habe gleich eine Aufgabe für dich. Du weißt, ich sitze gerne auf den gefällten Baumstämmen hinter dem Haus. Aber der oberste Baum hat wegstehende Äste, die mich behindern. Bitte schlage sie von dem alten Stamm ab.«

»Gern, Mutter, wenn es weiter nichts ist!«, und er ging mit ihr zusammen hinter das Haus. Sie bezeichnete den Baum, dessen struppige schwarze Äste er abhacken sollte. Mit ein paar Hieben trennte er die Äste vom Stamm, während die Bäuerin aufmerksam zusah.

Zu gleicher Zeit spielte der kleine Holler, der inzwischen drei Jahre alt war, vor den Füßen seiner Mutter im Sand. Plötzlich richtete er sich auf und rief: »Mutter, sieh mal, meine Finger sind weiß geworden!« Elsi schaute hin: Die Finger seiner beiden Händchen waren weiß! Sie war so überrascht, daß sie nichts sagte als: »Zeig sie nachher deinem Vater!«

Als die alte Bäuerin davon erfuhr, wußte sie, daß sie auf dem richtigen Weg war, den Teufelsstreich null und nichtig zu machen.

»Heiner«, sagte sie noch am gleichen Abend, »kannst du nicht aus dem alten Baum, den ich dir heute gezeigt habe, Brennholz machen? Ich fühle mich wohler, wenn er dort weg ist. Außerdem können wir noch einen Klafter Holz für den Winter brauchen.«

Der Sohn war, wenn möglich, seiner Mutter gern gefällig. Also ging er am nächsten Morgen mit Axt und Säge zum Stapel Bäume und nahm sich den bezeichneten Baum vor.

Es war eine mühsame Arbeit, und die alte Bäuerin mußte mit anpacken. Aber bis Mittag hatten sie doch ein etwa zwei Meter langes Stück abgesägt. Die schuppige schwarze Rinde fiel wie von selbst vom Stamm ab, der jetzt weiß wie Hühnerfleisch vor ihnen lag. In diesem Augenblick kam der kleine Holler herbeigelaufen und rief: »Schaut mal, ich habe weiße Beine!« Und er hüpfte vor Freude im Kreis herum und sang: »Weiße Beine, weiße Beine!«

Am nächsten Tag ging es nicht anders. Der Jungbauer und die Altbäuerin sägten wieder ein 2 Meter langes Stück vom Baum ab, und Heiner schälte das Stück, bis es blaßweiß und sauber vor ihnen lag.

Da schrie plötzlich der kleine Holunder, der ihnen zugeschaut hatte: »Vater, schau her, meine Arme und Hände sind weiß geworden!« Und er sprang davon, um sie der Mutter zu zeigen.

Heiner stützte sich auf seine Axt, schüttelte den Kopf und sagte: »Wie kommt es, Mutter, daß mit jedem Stück, das wir von diesem Baum absägen, Holler ein Stück weißer wird? Verstehst du das?«

Die Bäuerin lächelte vor sich hin. »Wir wollen uns nicht den Kopf zerbrechen und unnütz Zeit verlieren ... vielleicht steckt in diesem Baum ein Zauber!«

Der junge Bauer fragte nicht weiter, und als er am nächsten Tag das letzte Stück abgetrennt und geschält hatte, ging er bangen Herzens nach Hause, denn er konnte noch nicht glauben, was er gesehen hatte.

Doch als er in die Stube trat, kam ihm seine Frau freudestrahlend entgegen. »Ein Wunder ist geschehen!«, sagte sie. »Unser Kind hat seine schwarze Hautfarbe verloren und ist so weiß wie du und ich.« Und der kleine Holunder kam hinter der Mutter hervor und sprang dem Vater vor Freude an den Hals.

Die Alte saß indessen oben auf dem Stapel der gefällten Bäume und betrachtete nachdenklich das aufgeschichtete Holz aus dem zersägten Baum. Sie wartete auf irgendein Zeichen oder eine Botschaft.

Da hörte sie zum dritten Mal die Stimme ihres Mannes. »Frau«, sagte er, »der Teufel hat mich, weil ich dir zweimal geholfen habe, in den Baum gesperrt, den ihr zersägt und geschält habt. Ihr habt mich damit befreit, so daß ich endlich meine ersehnte Ruhe finden kann. Der böse Zauber, der in diesem Baum gesteckt hat, ist nun erloschen. Geh nach Hause – aber nimm dich vor dem Teufel in acht, denn er sinnt auf Rache.«

Die Bäuerin bekam Angst, denn sie wußte, mit dem Teufel ist nicht zu spaßen. Als sie nun in die Küche kam und ihre Hände über dem Ausguß waschen wollte, kam aus dem Abflußloch plötzlich ein riesiger Tausendfüßler gekrochen. Sein schwarzbrauner Körper war so breit wie eine Kleiderbürste. Zu beiden Seiten schoben ihn unzählige rotbraune fingerlange Gliederfüße ruckartig vorwärts.

Das Untier kroch unaufhaltsam weiter aus dem Abflußloch heraus, kam immer näher, wurde größer und länger, und die Bäuerin wurde von Ekel und Entsetzen gepackt, denn sie wußte: das ist der Teufel, der mich durch seinen Biß töten will!

Sie schaute sich nach Hilfe um. Aber da war niemand, der ihr helfen konnte. Da war nur der Herd. Auf dem stand kochendes Wasser für die Abendsuppe. Und sie ergriff den großen Topf mit dem brodelnden Wasser und goß es über das Monster.

Es gab einen zischenden Laut, als ob ein Luftballon angestochen würde, und dann zappelte das Tier mit seinen Hunderten von Füßen und fiel schlapp wie eine leere Haut in sich zusammen.

Die alte Bäuerin setzte sich erschöpft auf einen Schemel und murmelte nur immer wieder: »Das war er! Das war er!« Da kam der kleine Holler hereingelaufen – mit einer Haut wie ein weißes Maiglöckchen – und fragte: »Großmutter, wer war das?«, und die alte Bäuerin antwortete (weil sie nicht »Teufel« sagen wollte): »Das war der Belzebub.«

»Darf ich mit dem Buben spielen?«, fragte der Kleine.

Da umarmte sie ihren Enkel, zog ihn auf ihren Schoß und sagte: »Er hat genug mit Dir gespielt. Gottlob, das Spiel ist aus.«

Dann nahm sie die tote Hülle aus dem Abguß heraus, schnitt sie mit besonderer Inbrunst in kleine Stücke und warf sie den Hühnern zum Fraß vor.

Der hartherzige und der gutherzige Bürgermeister

*I*n einer Stadt lebte einmal ein Bürgermeister, der allen Menschen nur Gutes tat.

Wenn eine arme Frau zu ihm kam, ihm ihre durchgelaufenen Stiefelsohlen zeigte und ihn um Hilfe bat, holte er aus der Stadtkasse – aus den Mitteln, die ihm zu wohltätigen Zwecken zur Verfügung standen – sogleich ein Scherflein; entweder, um die Schuhe sohlen zu lassen oder um der Frau soviel Geld zu geben, daß sie sich ein Paar neue kaufen konnte.

Kam aber eine junge Mutter, die klagte, daß sie für ihr neugeborenes Kindlein keine Windeln habe, um es einzuwickeln, so rief er selbst den Kaufmann an und bat ihn, um ihrer Freundschaft willen der Frau einige Meter weichen Stoffes abzuschneiden. So stiftete er Gutes, wo er konnte und glaubte, es den Bürgern seiner Stadt recht zu machen.

Aber der Bürgermeister dachte nicht daran, daß auch der Teufel seine Saat gesät hatte. Neid, Haß und Mißgunst wucherten, und die guten Taten des Bürgermeisters waren für viele ein Ärgernis.

Als er nun eines Tages einem alten Mann, der mit seinen marklosen Knochen fror, eine warme Weste aushändigte, die vor Jahren im Rathaus liegengeblieben war, gingen die Eifersüchtigen zum Angriff über.

»Fort mit dem Bürgermeister!«, riefen sie und versammelten sich auf dem Platz vor dem Rathaus. »Wir wollen keinen Bürgermeister, der eine gute Welt vortäuscht, wo doch nur Haß und Zwietracht auf Erden herrschen. Fort mit diesem Schönfärber, diesem Gutwettermacher!«

Am Abend dieses Tages saß der Bürgermeister in seinem mit rotem Leder bezogenen Amtssessel vor dem Schreibtisch und war tieftraurig. Sein Herz wollte sich mit Mutlosigkeit füllen. »Wozu«, dachte er, »versuche ich Härten zu mildern, wenn es nur dazu führt, daß das Böse um so lauter schreit? Liegt es an mir, daß ich mein Amt falsch führe?«

Er stand auf und ging grübelnd im Zimmer auf und ab. Da fiel sein Schatten auf einen großen Bogen weißen Papiers, der an die Wand gelehnt stand. Wie er so darauf blickte und der Schatten seines Körpers sich langgezogen und in dunklen Umrissen davor abzeichnete, kam es ihm vor, als ob dies sein zweites Ich sei – nur hartherzig, unbeugsam und ohne Mitleid.

Da reifte in ihm ein Entschluß, und er sprach: »So sollst du von jetzt an meinen Platz als Bürgermeister einnehmen und sollst statt meiner regieren – hartherzig, unbeugsam und ohne Mitleid!«

Bei diesen Worten griff er zur Schere, die auf seinem Schreibtisch lag, und schnitt mit schnellem Griff das Schattenbildnis seines zweiten Ich aus dem Papier, das seinen Blicken standhielt.

Wie gewollt, so geschah es: mit dem letzten Trennungsschnitt aus dem Papier erfüllte den Schattenbildmenschen ein Scheinleben. Der gutherzige Bürgermeister aber entfernte sich bekümmert von seinem hartherzigen Ebenbild, um ihm die Geschäfte zu überlassen. Er zog sich in die Stille des Waldes zurück, um über das Wesen der Menschen nachzudenken.

Als er nach wenigen Wochen in die Stadt zurückkehrte, schien alles wie ausgestorben. Verlassen lagen die Straßen. Kein Schusterjunge pfiff ein lustiges Lied, kein Milchmann läutete mit der Glocke. Selbst der Lumpensammler hatte scheinbar das Flöten verlernt.

Verwundert fragte der Bürgermeister, was sich ereignet habe, da alles in so großer Trauer sei. Aber der Gefragte legte den Zeigefinger an den Mund, sah sich um und flüsterte: »Wißt ihr es nicht, daß Gott unseren Bürgermeister verwandelt hat? Es hat keinen gutherzigeren gegeben als ihn, und jetzt tut es ihm keiner gleich an Hartherzigkeit und Grausamkeit.«

Die Worte waren kaum gesprochen, als sich schon ein Polizist aus dem Dunkel eines Hauseingangs löste und herantrat. »Du hast den Bürgermeister unserer Stadt gelästert! Wenn ich deine Worte auch nicht gehört habe, so konnte ich sie doch von deinen Lippen lesen und aus deiner Miene schließen. Gib deine Hände!«

Willenlos, bleich wie eine gekalkte Wand, streckte der Angeredete seine Hände hin. Er wurde gefesselt abgeführt.

Tief erschreckt machte sich der Bürgermeister zum Rathaus auf. Aber dort patrouillierten Posten, die ihn trotz seiner dringlichen Bitten nicht einließen, denn sein Bart war schwarz und wild gewachsen, und seine Kleidung war von Dornen und Sträuchern zerfetzt.

»Was suchst du hier, schmutziger Bettler?«, fuhr ihn der Posten an, »hast du nicht gehört, daß die Zeit des Herumtreibens vorbei ist, daß nichts mehr vergeben wird, es sei denn, ehrlich verdient? Jetzt herrscht hier Gerechtigkeit.«

»Ach«, klagte der Bürgermeister, ohne sich zu erkennen zu geben, »ich bin alt und schwach und habe kein Bett, um mich hinzulegen und kein Essen, um mich zu kräftigen. Kennt der Stadtvater kein Erbarmen?«

»Gesindel wie du hat hier nichts zu suchen«, antwortete der Posten würdevoll. »Bist du krank, so hat Gott dir die Krankheit geschickt. Bist du arm, so hat Gott es so gewollt. Wir tun nichts gegen Seinen Willen.«

Der Bürgermeister senkte das Haupt und ging davon.

Als er an der Apotheke der Stadt vorbeikam, fiel ihm ein, die Gesinnung der Bürger zu prüfen.

Obwohl es Mittagszeit war, läutete er stark an der Schelle der Haustür. Bald erschien die Apothekerin. »Weißt du nicht, daß Mittagspause ist und mein Mann seine Ruhe braucht?«, fragte sie vorwurfsvoll.

»Ich weiß es«, sagte der Bürgermeister still.

»Nun, so komm später wieder«, meinte die Frau kurz und wollte das Fensterchen in der Türe schließen. Aber in diesem Augenblick tauchte das Gesicht des Apothekers im Fensterausschnitt auf. Als er einen Blick auf den blassen, erschöpften Mann geworfen hatte, sagte er: »Frau, gib ihm eine Tasse von der kräftigen Brühe, die du uns heute so reichlich auf den Tisch gestellt hast.«

Als sie ihn unwillig ansah, fügte er leise hinzu – aber doch so laut, daß es der Bürgermeister hören konnte: »Willst du hartherzig sein wie unser Bürgermeister? Tun wir doch an seiner Stelle Gutes, soweit es in unseren Kräften steht.«

Da schwieg die Frau und brachte eine Tasse heißer, kräftiger Brühe, und der Bürgermeister bedankte sich.

Einige Straßen weiter trat er bei einem Schuhmacher ein. »Meine Schuhe«, sagte er, »sind durchgelaufen. Wollt ihr so freundlich sein und sie mir flicken?«

Der Geselle warf einen mißmutigen Blick auf die Schuhe, die, vom Regen aufgeweicht, die Kappen aufsperrten wie Froschmäuler. Aber der Meister sagte schnell: »Alter Vater, zieht nur eure Schuhe aus und setzt euch an den Ofen. Wir werden den Schaden schon beheben. Früher, ja, früher«, murmelte er vor sich hin, »sorgte der Bürgermeister, wenn Not am Mann war.« Und er hämmerte nachdenklich die Holzstifte in die Sohlen.

Während der Bürgermeister an den Ofen gelehnt saß, fiel ihm eine Hausfrau ein, die eine besonders giftige Zunge hatte, und er beschloß, sie aufzusuchen.

Er klingelte an ihrer Wohnung. Kurz darauf wurde die Tür geöffnet, und sie sah heraus. Auf ihrem Kopf trug sie noch die Nachthaube, die sie sich ihrer Frisur wegen aufgesetzt und noch nicht abgenommen hatte, obwohl es bereits Mittag war.

»Werte Dame«, sagte der Bürgermeister, »sehen sie meinen Rock. Er ist ausgefranst, der kalte Wind bläst durch seine Fäden. Habt ihr vielleicht im Schrank einen alten, warmen Mantel eures Mannes hängen?«

Aber statt daß die Frau zornig die Tür zuschlug, wie sie es früher getan hätte, seufzte sie tief. »Ja, für euresgleichen hat der Stadtvater nichts mehr übrig. Sein Herz ist aus Stein. Da muß schon jeder selbst sehen, wie er dem anderen hilft.« Nach kurzer Zeit kehrte sie mit einer warmen, wenn auch geflickten Jacke zurück. »Nehmt, was ich euch geben kann. Sie wird euch guttun und euch vor Husten schützen.«

»Seltsam«, dachte der Bürgermeister, »früher erschien es mir, als lebten hier lauter selbstsüchtige, neidische Menschen. Jetzt erkenne ich, daß sie im Grunde liebenswert und mitfühlend sind ... Meine Gutherzigkeit«, meinte er nachdenklich, »hat sie hartherzig gemacht, und die jetzige Hartherzigkeit des Bürgermeisters weckt ihre guten Seiten.«

Mit dieser Erkenntnis begab er sich in den Park hinter dem Rathaus, um den Abend zu erwarten. Als es dämmrig geworden war, betrat er durch eine Hintertür, die nur ihm bekannt war, das Rathaus und stieg hinauf in sein Amtszimmer. Unbemerkt stellte er sich hinter den Vorhang der Seitentür und betrachtete sein zweites Ich.

Gerade wurde eine ärmliche Frau, die seit dem Morgen bis zur Erledigung aller Amtsgeschäfte gewartet hatte, vorgelassen.

»Nur die höchste Not führt mich zu ihnen, verehrter Herr Bürgermeister«, klagte sie furchtsam, »ich habe fünf Kinder und kein Geld, um Kartoffeln und Brot für sie zu kaufen. Sie werden größer, der Hunger wächst mit ihnen. Helft uns, in Gottes Namen!«

»Haha«, lachte der Bürgermeister, »in Gottes Namen, sagt ihr? In Gottes Namen mögen eure Kinder dahingehen, von wo sie gekommen sind und«, setzte er hinzu, »wenn ihr sie begleiten wollt, so haben wir nichts dagegen!«

Als die Frau diese Worte hörte, brach sie lautlos zusammen.

Der Bürgermeister drückte auf einen Knopf seines Schreibtisches. Der Gemeindediener und die Sekretärin kamen herein, hoben die Frau auf, die kein großes Gewicht hatte, und trugen sie wortlos hinaus. Es schien ein alltägliches Schauspiel zu sein.

Kaum hatte sich die Tür geschlossen, da hielt es der gutherzige Bürgermeister nicht länger hinter seinem Vorhang aus.

Als das hartherzige Ich seiner ansichtig wurde, lächelte es mit dünnen Lippen. »Versehe ich dein Amt nicht gut? Bin ich nicht so, wie sich die Bürger ihren Bürgermeister gewünscht haben – hartherzig, unbeugsam und ohne Mitleid?« Und er bog seinen Kopf hochmütig und stolz nach hinten.

»Deine Hartherzigkeit ist Frevel gegen Gott!«, rief da der wahre Bürgermeister, und ehe sichs der andere versah, fuhren ihm die scharfen Klingen der Schere um den Hals, und mit einem Laut, als ob man Papier schnitte, fiel der Kopf vom Rumpf.

Der gutherzige Bürgermeister trat heran. Er griff nach dem vornübergeneigten, hageren Körper des Schattenmenschen und rollte ihn von oben nach unten zusammen. »Du hast deines Amtes genug gewaltet!«, sagte er, »laß sehen, ob die Menschen nun gelernt haben, das Gute zu ertragen.«

Als beim ersten Morgenstrahl die Bittsteller ängstlich und schüchtern eintraten, waren sie erstaunt, freundliche Anteilnahme zu finden.

Die Kunde davon, daß der Bürgermeister sein altes Herz wiedergefunden habe, drang wie ein Lauffeuer durch die Stadt und erfüllte sie mit Lachen und Singen. Die Vögel begannen wieder zu zwitschern, die Wagen zu knarren, der Milchmann zu läuten, der Schusterjunge zu pfeifen und der Lumpensammler auf seiner Flöte zu blasen.

Auf dem Platz vor dem Rathaus aber sammelten sich immer mehr Menschen, und als die Menge fast unübersehbar geworden war, rief der Vorderste: »Er lebe hoch, unser guter Bürgermeister!«, und aus hunderten von Kehlen klang es wie ein Echo: »Hoch, unser guter Bürgermeister!«

Da trat der Bürgermeister hinaus aus dem Portal, und sie hoben ihn auf ihre Schultern und trugen ihn zur Kirche, wo der Pfarrer den Dankgottesdienst anstimmte. Als die Glocken läuteten, wußte der Bürgermeister, daß die Not sie einig gemacht hatte und reif zum Guten.

Der Feuervogel

*E*s war einmal ein Land, in dem es nur flache Seen und weite Felder gab. Im Winter deckte eine dicke Eisdecke den Boden, und im Sommer brannte die Sonne derart auf die Erde, daß die Kohlköpfe vor Hitze ihre Blätter kräuselten und die Maiskolben fast rotbraun wurden.

Die Menschen, die dort lebten, waren arm. Nur ganz wenige besaßen ein kleines Haus, unter dessen Dach sie Maiskolben zum Trocknen aufhängen konnten, während die anderen noch in Erdhöhlen lebten, die sie sich wohnlich gemacht hatten.

Unter diesen armen Leuten lebte ein Mann mit dem Namen Micha. Er war schlauer als die anderen und wußte immer, wie er es anstellen mußte, um der Arbeit auszuweichen und doch das meiste Geld einzustecken. Er war auch der einzige, der einen kleinen Bauch vor sich hertrug und eine frische gesunde Hautfarbe hatte. Seine Augen waren lustig und blank wie die eines Eichhörnchens, und mit seinen Späßen konnte er manchen Neid auslöschen und manchen Unwillen, der sich gegen ihn angesammelt hatte, wieder zerstreuen.

Als Micha wieder einmal von seiner Frau aufs Feld geschickt wurde, um einen Rotkohlkopf zum Mittagessen zu holen und kein einziger zu finden war, der eine schöne feste Blätterkugel gebildet hatte, da packte ihn die Wut.

Er begann sinnlos die Kohlköpfe auszureißen und im Bogen hinter sich zu werfen. Als ihm nach einiger Zeit sein Rücken weh tat und die Schweißtropfen wie Bächlein über Stirn und Wange rannen, richtete er sich auf. Da sah er die Sonne über sich, und ihr strahlend heller Glanz erschien ihm wie ein Hohn. »Ja, auch dich werde ich einspannen«, sagte er, »warte nur.« Und er setzte sich auf einen Stein am Ackerrand und grübelte.

Als er nach Hause kam, sagte er: »Frau, ich habe zwar keinen Kohlkopf gefunden – aber in meinem Kopf hat sich eine gute Idee gebildet!«

»Oh«, sagte die Frau, »einen Kohlkopf hätte ich besser brauchen können als deine Ideen. Wem willst du denn diesmal einen Streich spielen?«

»Der Sonne – unserer lieben Frau Sonne. Ich werde sie künftig einspannen wie mein Ackerpferd! Haha«, lachte er, »so ist es – die Sonne wird mein Ackerpferd. Was sagst du nun?«

»Du spinnst wie die alte Ursel«, sagt die Frau, indem sie griesgrämig an ihren rußigen Kochtöpfen über dem Herdfeuer herumrückte, »seit wann läßt sich die Sonne von einem Menschen einspannen?«

Aber Micha rieb sich vergnügt die Hände, schüttete die dampfenden Kartoffeln in die Sauermilch-Suppe, ohne daß er über die karge Mahlzeit gemurrt hätte, und begab sich bald darauf auf eine lange Reise.

Als das nächste Frühjahr kam und die anderen ihre Kohlpflänzchen und Saatkartoffeln mühsam in die Erde senkten, da wuchsen auf dem Feld von Micha seltsame dünne Schößlinge, die er an Stökken festband.

Sie tranken jeden Sonnenstrahl in sich hinein, entfalteten zarte grüne Blätter, trieben kleine, kaum sichtbare Blüten und setzten runde beerenartige Früchte an.

»Er hat Weinstöcke gepflanzt«, wisperten sich die Nachbarn zu, »seht nur, wie die Trauben wachsen.« Und die kleinen Beeren, die zuerst hart und blaugrün am Stamm gehangen hatten, wurden heller, weicher, goldgelber. Sie tranken die Hitze der Sonne und die Glutwellen der Erde. Sie quollen und reiften.

Micha aber ging an seinem Weinacker entlang und blinzelte hinauf zur Sonne. »Zeig, was du kannst«, sagte er herrisch.

Als die Zeit der Traubenernte war und die anderen in Verzweiflung auf ihren mißratenen Kohl blickten, da strahlte das Gesicht von Micha, als ob es von innerer Lust bersten wolle.

Seine Trauben waren groß und prall geworden und von so köstlicher Süße, daß selbst Michas griesgrämige Frau das Weinglas bis auf den letzten Tropfen Wein leerte.

Er aber trank, bis er nur noch lallte: »Hab ich dich nicht eingespannt, du Erzverderberin Sonne? Diesmal hast du mir keine Kohlköpfe verbrennen können! Hast du mir nicht gefolgt wie ein Schoßhündchen ... wie ein liebes Schoßhündchen, ein braves Schoßhündchen«.

Als Micha die Trauben gekeltert und den Wein zur Stadt gebracht hatte, kam er mit einem Beutel voll Goldtaler zurück ... Der Wein hatte Gefallen gefunden, und angesehene Familien hatten ihm ihre Kundschaft zugesagt.

So ging Micha daran, alles Gemüse auf seinen Äckern auszureißen und pflanzte dafür Rebstöcke. Als der nächste Herbst wieder eine gute Ernte brachte und Micha wieder mit einem schweren Geldsäckel ins Dorf zurückkehrte, wählten sie ihn zum Bürgermeister und baten ihn, auch ihnen beim Anbau von Weinstöcken zu helfen.

Da er sich durch die Wahl geehrt fühlte, unterwies er die Dorfbewohner in der neuen Kunst. Sie folgten seinem Rat, rissen alle Kartoffelstauden aus und pflanzten dafür Weinstöcke.

Das gab im Herbst ein Fest, als die erste Weinernte gut ausgefallen war und Geld in jedes Haus floß. Bald stand in jeder Schlafkammer verschwiegen eine kleine Tonne, in der die Goldtaler gesammelt wurden, und es ging ein geheimes Wettrennen los, wer sein Tönnchen am schnellsten mit Gold gefüllt hätte.

Aber je mehr sie verdienten, um so fauler wurden sie. Sie riefen arme Taglöhner aus der Umgebung und beauftragten sie gegen geringen Lohn, die Weinfelder von Unkraut sauber zu halten, die Rebstöcke an die Stangen zu binden und Feuer anzuzünden, wenn im Mai noch kalte Nächte kamen.

So wuchs das Dorf zur Kleinstadt, die Kleinstadt zur Stadt. Die Sonne schien, die Trauben reiften, und die Menschen wurden immer reicher, aber auch überheblicher und habgieriger. »Die gute Sonne,« sagten sie, »sie kann ja nicht anders, als jeden Tag scheinen. So ist nun einmal die Weltordnung, man muß sie nur kennen.«

Abends saßen sie dann vor ihren Goldtönnchen, ließen die Goldstücke durch ihre Finger gleiten und überlegten, wie sie die Tönnchen noch schneller füllen könnten.

Und doch war eine Menschenseele in der Stadt, die nicht vom Fieber ergriffen worden war, die Kartoffelstauden auszureißen und Weinstöcke dafür anzupflanzen. Das war die »spinnerte Ursel«, eine alte Frau, die in frühen Jahren ihren Mann verloren hatte, deren Kinder geheiratet und in die Ferne gezogen waren. Sie ernährte sich mit dem Stricken von Wollsachen und dem Spinnen von frisch geschorener Schafwolle.

»Das Spinnen ist ihr ins Gehirn gesprungen«, sagten die Leute, denn wenn man ihr Wolle brachte, sprach sie oft seltsame Dinge.

»Gold bringt Not«, meinte sie, »warum habt ihr soviel Freude daran?« Und sie zeigte auf die blühenden Begonien am Fenster. »Ist es nicht schöner, wenn die Sonne durch ein rotes Blütenblatt scheint, als immer auf Weinstöcke zu brennen? Ich habe das Leben und ihr habt den Tod.«

Die Angesprochenen lächelten nachsichtig über ihre Worte und meinten, daß die Alte den Wert des Geldes nicht mehr einschätzen könne.

Als wieder einmal eine junge Frau Wolle zum Spinnen brachte und ihr von der guten Weinernte erzählte, die viel eingebracht habe, meinte sie kopfschüttelnd: »Eure Goldtönnchen sind Mühlsteine ... Gottes Mühlen mahlen langsam, aber sicher.«

Da wurde die junge Frau böse, packte ihre Schafwolle wieder zusammen und sagte: »Mit Euch kann man nicht mehr reden. Ich glaube, Ihr versteht auch keinen rechten Faden mehr zu spinnen!«

Unwillig verließ sie die Kammer der Alten und stieg die vielen Treppen vom schiefen Turm herab, um nicht mehr wieder zu kommen.

Die Alte aber trat ans Turmfenster und blickte über das weite Land, das mit einem Wald von hohen hölzernen Stangen gespickt war, an denen hunderte von Weinstöcken in Reih und Glied hingen.

Die Sonne ging gerade rotgolden am Horizont unter, als ein leichter Wind sich erhob und in seinem Säuseln plötzlich eine Stimme ertönte: »Geh und warne die Menschen, ehe ich sie vernichte.«

Die alte Ursel erschrak: »Ich bin zu alt und schwach«, murmelte sie.

Da wurde aus dem Säuseln ein Orgelton, der wie ein Hammer auf sie niederfuhr. »Warne die Menschen, es ist deine Aufgabe!«

Da zitterte die Alte am ganzen Körper. »Ja, ich gehe.« Aber sie war voll Angst. Sie kannte die Feindseligkeit der Bürgersleute, ihre verschlossenen Seelen, ihre tauben Ohren, fiebrigen Augen und flackernden Blicke. »Sie hören mir nicht zu ... sie halten mich für verrückt!«

Da heulte der Wind in ihrem Turmfenster auf. »Versuche es! Ich werde ihnen Zeichen geben!« »Und wer bist Du?«, fragte die Alte zaghaft.

»Ich bin der große Feuervogel, der am Himmel erscheint, wenn die Menschen überheblich werden, raffgierig und betrügerisch. Aus meinen Schwingen regnet es Feuer zur Erde, und aus meinem Schnabel strömt ein Gifthauch.« »Wie furchtbar!«, rief da die Alte und schlug die Hände über den Kopf, »ich will versuchen, sie zu warnen.« Und sie stieg von ihrem Turmstübchen herab und sprach die Menschen an, wo sie sie traf.

»Meidet das Unrecht«, sagte sie eindringlich, »die Abrechnung ist nahe.«

»Wir rechnen täglich ab«, spotteten die Angesprochenen, »wir machen keine Fehler!«

»Ein feuriges Schwert wird die Schuldigen vernichten. Besinnt euch, noch ist Zeit!«

Aber was sie auch sagte, die Alte wurde verlacht und verhöhnt. Es fehlte nicht viel, daß große Hunde auf sie gehetzt wurden. Unverrichteter Dinge kehrte sie in ihr Turmstübchen zurück.

Endlich war es soweit, daß Micha, der Bürgermeister, seine Goldtönnchen fast bis zum Rand gefüllt hatte, und die anderen waren nicht weit davon entfernt. Sie konnten sich leisten, was ihr Herz begehrte, und da ihnen scheinbar alles zum Guten ausschlug und sie keine Hand über sich spürten, wurden sie immer anmaßender.

»Eigentlich läßt es sich recht gut auch ohne Gott leben«, meinten sie, denn schon seit langem stand die Kirche leer, und der Pfarrer war weggezogen.

»Die ewige Verdammnis ist ebenso ein Ammenmärchen wie die Auferstehung«, rief der Großmetzger überheblich. »Wenn ich ein Stück Fleisch in die Erde eingrabe, verfault es ... und uns wird es nicht anders gehen! Drum, Leute, laßt uns leben und das Leben genießen!« Alle lachten überlaut. An den Tod dachten sie nicht gerne.

An dem Tag, an dem das Tönnchen des Bürgermeisters mit Talern gestrichen voll war, ließ er auf dem Marktplatz ausrufen: die Kirche solle nicht länger leerstehen, das Fest der vollen Goldtönnchen solle darin gefeiert werden. Auch die Stadt solle einen neuen Namen erhalten und künftig »Goldburg« heißen, denn wenn man alle Goldtönnchen zusammennehme, gebe es bereits eine Burg.

Aber nur der dürfe mit seiner Familie am Fest teilnehmen, dessen Tonne auch bis an den Rand mit Goldtalern gefüllt sei.

Da setzte Neid, Mißgunst und Hetze in der Stadt ein, denn alle wollten zu den reichsten Bürgern gehören und am Fest teilnehmen. Aber nicht alle hatten so gut verdient wie der Bürgermeister. Und sie panschten in Eile Wasser in den Wein, um bis zum Festtag noch genügend Goldtaler einzuheimsen.

Die alte Ursel, die von einem Nachbarskind Kunde von der Unruhe in der Stadt erhielt, schüttelte den Kopf. »Der Feuervogel ...«, murmelte sie.

»Was hast du gesagt, Großmutter?«, fragte die Kleine. »Ich habe dich nicht verstanden.«

»Hol mir Kartoffeln aus dem Keller, habe ich gesagt«, meinte die Alte, die ihre Gedanken nicht mitteilen wollte.

Und das kleine Mädchen nahm den geflochtenen Korb, ging in den Keller und holte Kartoffeln.

Einige Tage vor dem Fest wimmelte es bereits auf dem Platz vor der Kirche von Menschen wie von Ameisen. Übermütig lachten und johlten sie:

»Siegreich sind wir, froh und tüchtig, unsere Freiheit ist uns wichtig, Goldburg heißt jetzt unsere Stadt, Tod und Teufel sind schachmatt.«

Wortfetzen des Liedes drangen bis in die Turmstube der Alten. Schnell trat sie ans Turmfenster und sah, wie sich am Horizont eine glühendrote Stelle auftat und ein Vogel mit riesigen Schwingen aufstieg. Sie hörte seine Flügelschläge brausend die Luft peitschen.

»Gib ihnen noch Zeichen zur Warnung, bevor du kommst!« rief die alte Ursel in das Brausen, »denn meine Mission war umsonst.«

So geschah es, daß als erstes Zeichen der Nachtwächter drei Tage vor dem Fest einen Wirbelwind aufkommen sah, der sich wie eine glühende Feuersäule auf die Stadt zubewegte, aber kurz vor dem Stadttor im Erdboden versank.

Der Nachtwächter meldete dem Bürgermeister die seltsame Erscheinung, aber Micha wollte es nicht wahrhaben. »Wahrscheinlich hast Du ein Kartoffelfeuer durch eine falsche Brille gesehen. Mach dir deswegen keine Gedanken ... vor allem halte den Mund und verdirb uns nicht das Fest.«

Zwei Tage vor dem Fest passierte als zweites, daß die Goldtaler beim Zählen unter den Fingern der habgierigen Bürger plötzlich ihren Glanz verloren und sich schwarz verfärbten. »Sind das etwa keine echten Goldtaler? Hat man uns betrogen?« riefen sie. Aber sie erzählten nichts davon, weil sie fürchteten, zum Fest nicht zugelassen zu werden.

Das dritte Zeichen ereignete sich, als die überheblichen Bürgersfrauen am Tag vor dem Fest ihre prachtvolle Kleidung zurechtlegen wollten. Da durchfuhr ein Erdstoß die Stadt, daß die Spiegel von den Wänden sprangen und alle Gläser zerbarsten. Zugleich aber setzte ein Rauschen in der Luft ein und ein Scharren, Kratzen und Trippeln auf der Erde, und in unübersehbarem Strom verließen die Vögel, die Ratten und die Mäuse die Stadt.

Da aber die Stadtväter den Kopf mit Vorbereitungen zum Fest voll hatten, achteten sie nicht auf die verschiedenen Zeichen, sondern beruhigten sich gegenseitig mit törichten Erklärungen.

Aber am Festabend näherte sich der Feuervogel wie eine riesige Feuerwolke der Stadt. Seine Schwingen umfaßten den ganzen Horizont, und bei jedem Flügelschlag stürzte ein glühender Feuerregen auf die Erde herab. Die Dächer hoben sich von den Häusern, alles fing lichterloh an zu brennen.

Die Alte im Turm, die das Unheil kommen sah, war vor Schrecken wie versteinert. Bangigkeit umschnürte ihr Herz. Wie sie die Blicke so durch die Stube schweifen ließ, sah sie plötzlich einen kleinen Feuersalamender an der Wand entlang kriechen und einen Ausweg suchen.

»Du armes Tierchen«, sagte die Alte, »sicher bist du mit den Kartoffeln aus dem Keller geholt worden, komm, ich will dir helfen.«

Sie stand auf, griff ihn und setzte ihn in ihre große Schürze, in deren Tasche, wie immer, das Gebetbuch steckte, und trug ihn sorgsam die Treppe hinunter.

Als sie aber bei der Haustür angelangt war, sah sie das große Unglück, das mit Blitzesschnelle über die Stadt eingebrochen war, und sie ließ vor Entsetzen die Schürze sinken.

Der Feuersalamander fiel auf den Boden und lief sogleich zum Haus hinaus. Da knisterte es im Gebälk, und sie sah, daß die Treppe zu ihrem Turmstübchen hinter ihr in Flammen stand. Schnell trat sie auf die Gasse hinaus. Flammen, Wehgeschrei und Rufen allenthalben.

Kaum hatte sie ein paar Schritte getan, sah sie das kleine Mädchen der Nachbarsleute an der Hauswand stehen.

»Großmutter«, rief das Kind, »nimm mich mit.«

»Ja,« sagte die Alte, »komm, halt dich an meiner Schürze fest!«

Der Weg zum Stadttor war weit und führte durch viele Gassen. Aber wenn sie nicht weiterwußten, tauchte der kleine Feuersalamander auf und lief wie ein gelbzüngelndes Flämmchen vor ihnen her.

Als sie wieder in eine neue Gasse einbogen, sahen sie die junge Frau, die ihre Wolle wieder eingepackt hatte, auf einer Treppenstufe sitzen und bitterlich weinen. »Du hast recht gehabt, Mutter«, schluchzte sie, »es gibt noch etwas Wichtigers als Gold ... das Leben.«

Zugleich beobachtete sie, daß da, wo das alte Mütterchen lief, die Flammen erloschen und ein Windstoß die Luft kühlte. »Verzeih mir«, rief sie, »und nimm mich mit!«, und die Alte nickte.

Je weiter sie kamen, desto mehr Menschen begegneten ihnen, die alle zum Stadttor hinaus strebten. Sie sahen mit Verwunderung, daß da, wo die alte Ursel lief, das Feuer zu brennen aufhörte, kein Glutregen herniederfiel, und sie schlossen sich den Dreien an.

Schließlich waren es mehr als hundert Menschen, die mit der Alten lebend und sicher das Stadttor erreichten. Sie führte sie bis zu ihrem Kartoffelacker auf eine kleine Anhöhe, von wo man auch auf die Stadt herabblicken konnte.

Noch immer wütete das Feuermeer. Die Flüchtlinge lagerten sich hungrig und erschöpft auf den trockenen Grasboden.

Die alte Ursel war am Rande ihrer Kräfte. »Grabt Euch Kartoffeln aus meinem Acker«, sagte sie, »bratet sie, stärkt euch daran!« Und während sie noch auf die brennende Stadt starrte, wich alle Farbe aus ihrem Gesicht, und sie sank wie ein Häuflein Elend in sich zusammen.

Da schrieen alle, denen sie geholfen hatte: »Sie stirbt ... die alte Ursel stirbt! Helft der alten Ursel!«

In diesem Augenblick trat Micha, der Bürgermeister der zerstörten Stadt, aus der Menge vor, zog eine Feldflasche aus seinem Wams und sagte: »Jetzt wollen wir doch mal sehen, was ein guter Wein kann!«, und er flößte der Alten vorsichtig einige Schlucke seines eigenen Weins ein.«

Alle starrten auf die Alte, die der Bürgermeister halb aufgerichtet in seinen Armen hielt. Da schlug sie die Augen weit auf, schaute auf den Abendhimmel und sagte: »Ich habe das Paradies gesehen!«

Da kreischten alle vor Vergnügen und Freude, und Micha strahlte: »Nun sag mir einer etwas gegen unseren Wein!«

Und die alte Ursel, die schon wieder bei sich war, antwortete: »Das weiß der Bürgermeister selbst am besten!« Und fast schien es, als ob sie mit den Augen dabei geblinkert hätte.

Das unheimliche Haus

*E*s war einmal ein altes Haus, das am Rande der Stadt lag, aber es war so häßlich und baufällig, daß niemand darin wohnen wollte, und die Gemeinde beschloß, es demnächst abzureißen.

Um diese Zeit kam über den Berg herab ein alter Maler gegangen, und als er sich dem Haus näherte, gefiel es ihm so sehr, daß er beschloß, hier einzuziehen. Gerade, daß das Haus so häßlich war, zog ihn besonders an: der Mörtel, der zum Teil herabgefallen war, die Flecken, die Regen und Wind ihm zugefügt hatten, die schwarzen Stellen, die wie die Narben von Blattern aussahen. Dieser Maler hatte das Malen aufgegeben, weil seine Handgelenke und seine Finger durch die Gicht steif waren und ihm starke Schmerzen bereiteten.

Er dachte beim Wandern an seine Frau und sein Kind, die er zurückgelassen hatte, weil er nicht mehr für sie sorgen konnte und seine Frau sich abfällig über ihn geäußert hatte: »Er ist zu alt und kann nichts mehr verdienen; er ist nur eine Last für uns. Besser, wenn er nicht mehr da wäre!« Da hatte er sein Bündel gepackt und war ohne Abschied in die Ferne gezogen.

Das Haus war leer, nur eine wacklige Stiege führte in das obere Stockwerk. Die Fensterläden waren unten geschlossen, und er ließ es auch so. Da er kein großes Gewicht hatte, konnte er ohne Gefahr die Treppe hinaufsteigen und sich oben einrichten. In seinem Bündel hatte er aus alter Gewohnheit noch Pinsel, Farben und Palette, außerdem einen halben Laib Brot und einen Becher, mit dem er unterwegs Wasser aus einer Quelle schöpfen konnte, sowie eine Flöte, auf der er abends gerne spielte.

Am Abend setzte er sich ans offene Fenster und spielte seine eigenen Melodien, und der Abendhimmel war so schön und die Wolken wie kleine weiße Lämmer, daß ihn wieder die Lust ankam, ein Bild zu malen. Aber er hatte nicht einmal Geld für eine Leinwand, und so sann er traurig vor sich hin.

Als es zu dunkeln anfing, stieg er die Treppe hinunter, um sich im Erdgeschoß schlafen zu legen. Da trat er plötzlich auf etwas Weiches, und im selben Augenblick sprühte es goldene Funken. Wie er sich zum Boden beugte, sah er, daß er auf eine große Kröte getreten war, aus deren Maul die goldenen Funken gesprüht waren.

»Entschuldige«, sagte er zur Kröte, obwohl er gar nicht wußte, ob sie ihn verstand, »das habe ich nicht gewollt!« Denn er hatte ein sehr empfindsames Gemüt und wollte niemandem einen Schmerz oder Unrecht zufügen.

Und, oh Wunder, die Kröte antwortete: »Ich weiß, daß du es nicht mit Absicht getan hast. Aber du siehst, ich habe goldene Funken gesprüht, und überall, wo ein goldener Funken hingefallen ist, kannst du dir jetzt einen Goldtaler aufheben.« Und der Maler bückte sich und sammelte eine ganze Hand voll Goldtaler ein. In seinem Herzen jubelte er: »Jetzt kann ich mir eine große Leinwand kaufen und wieder ein Bild malen.«

Und wie er sich in dem dunklen Raum eine Ecke zum Schlafen aussuchte, hörte er plötzlich einen spitzen Schrei. Als er zu Boden sah, merkte er, daß er einer kleinen Schlange auf den Schwanz getreten war.

»Verzeih«, sagte er, »ich wollte dich nicht verletzen, aber du bist so braun und gelb gemustert wie der Boden, da habe ich dich nicht gesehen.« Und die kleine Schlange antwortete: »Wenn du mir helfen willst, daß meine Schwanzspitze schnell heilt, dann trage mich hinter das Haus, wo eine kleine Quelle fließt. In diese Quelle mußt du mich eintauchen, dann heilt meine Wunde auf der Stelle.«

Der Maler nahm die kleine Schlange, die sich um seinen Arm kringelte, und ging damit hinter das Haus. Da sah er die Quelle, und er bückte sich und tauchte den Arm mit der Schlange in das Quellwasser. Aber, oh Wunder, nicht nur die Schwanzspitze der Schlange heilte auf das Schönste, sondern auch sein rechter Arm, seine Hand und seine Finger waren frei von Schmerzen und gichtigen Knoten. Er tauchte sofort auch seinen linken Arm und seine linke Hand in das Quellwasser und fühlte, wie auch diese geheilt wurden.

Vor Freude ganz außer sich rief er: »Ich kann wieder malen, ich kann wieder malen!« und er nahm sich vor, gleich am nächsten Tag in die nahe Stadt zu gehen und mit den Goldtalern eine große Leinwand für das Bild zu kaufen.

Die Leute am Stadtrand hatten aber bemerkt, daß jemand in das baufällige Haus eingezogen war. Beim Vorübergehen hatten sie Flötentöne gehört, und es war ihnen auch, als ob eine Gestalt im oberen Stockwerk am Fenster vorbeigegangen wäre. Und sie forderten den Bürgermeister auf, den Gemeindediener hinzuschicken und nachsehen zu lassen.

Inzwischen hatte der Maler seine Leinwand aufgespannt und bereits ein Bild, so groß wie die ganze Zimmerwand, gemalt. Ihm war nachts im Traum seine Familie erschienen, und es war ihm, als ob seine kleine Tochter bitterlich geweint hätte. Dieser Traum verfolgte ihn auch am Tag, und er malte ein Bild von seiner Frau, seiner Tochter und sich selbst, wie er als großer, kräftiger Mann mit breiten Schultern seine Familie beschützte.

Kaum war das Bild fertig, pochte es unten an die Tür. Der Gemeindediener streckte sein rotes Gesicht mit seiner dicken Knollennase in den Hauseingang und rief: »Wer da?«

Und der Maler kam die Treppe herunter und sagte: »Ich habe hier Zuflucht gesucht und bin gerne bereit, für die Wohnung zu bezahlen.«

»Hast du Geld?«, fragte der Gemeindediener.

»Nein«, antwortete der Maler. »Aber ich habe ein Bild, das ich dem Bürgermeister geben kann. Kommt nach oben und schaut es euch an!«

Eigentlich hatte der Gemeindediener Angst, die wacklige Treppe hinaufzugehen – aber die Neugier siegte. So stand der kurz darauf vor dem riesigen Gemälde, und der Mund blieb ihm offen stehen. Denn so ein schönes, großes Bild hatte er nicht erwartet.

Als er sich von seinem Erstaunen erholt hatte, sagte er: »Ich will es dem Bürgermeister melden« und ging jetzt ganz respektvoll die Treppe hinunter.

Es dauerte nicht lange, da kam der Bürgermeister mit zwei Ratsleuten und wollte sich den fremden Maler und sein Bild ansehen. Das Bild leuchtete aber in seinen Farben Rot, Grün, Gelb und Blau so schön, und die abgebildete Familie strömte eine solche Harmonie aus, daß es dem Bürgermeister und den Ratsherren ganz warm ums Herz wurde.

»Wir haben doch immer ein Bild für unseren Rathaussaal gesucht: das ist das schönste, das wir bekommen können!« Und der Bürgermeister klopfte dem Maler so kräftig auf die Schulter, daß dieser beinah zusammensackte. »Du kannst freilich in diesem Hause wohnen bleiben, und wir geben dir den Auftrag, uns noch ein Bild für unseren Ratskeller zu malen.«

Und der Maler nickte, und im Geiste sah er bereits ein zweites Bild, auf dem er seine Freunde malen würde, wie sie beim Kartenspielen und Bechern beisammensaßen.

Am nächsten Tag kam bereits ein Fuhrwerk aus der Stadt. Das große Bild wurde sorgsam zusammengerollt und mit einer Winde aus dem Fenster herabgelassen.

Der Maler aber ging an seine neue Arbeit, und schon nach zwei Wochen war das Bild für den Ratskeller fertig. Wieder waren der Bürgermeister und die Vertreter der Gemeinde mit dem Ergebnis voll zufrieden.

Nun aber machte sich der Maler daran, weil er nicht nachtragend war und seine Frau immer noch liebte, ein Bild seiner Frau zu malen. Als es fertig war, gefiel es ihm so gut, daß er es von der Wand nahm und an sein Herz drückte.

»Ich will heim«, sagte er, weinte vor Sehnsucht und Heimkehrfreude, und er packte seinen Rucksack wie vordem, steckte die restlichen Goldtaler dazu und begab sich zur Treppe. Aber die Tränen verdunkelten seinen Blick, und er tat einen Schritt neben eine Stufe, stürzte die Treppe hinab und blieb bewegungslos liegen.

Als die Stadtbewohner feststellten, daß im Haus keine Flöte mehr gespielt wurde und auch der Maler nicht mehr am Fenster zu sehen war, schickten sie wieder den Gemeindediener hin, um nachsehen zu lassen. Er fand den Maler regungslos, mit der Bildrolle im Arm, ohne jedes Lebenszeichen, am Fuße der Trepe liegen. »Der Maler ist tot. Er hat sich in dem baufälligen Haus das Genick gebrochen«, berichtete der Gemeindediener. Die ganze Gemeinde trauerte um den Maler, der ihnen so schöne Bilder gemalt hatte. So beschlossen sie: »nach der Beerdigung des Malers wird das Unglückshaus sogleich abgerissen!«

Als die alte Kröte zufällig im Erdgeschoß auf den leblosen Körper des Malers stieß, erschrak sie und rief die kleine Schlange, die auch hier unten lebte.

»Ist er tot?« fragte sie, denn sie hielt die Schlange für besonders klug. Und die kleine Schlange schob sich am Hals des Malers hoch und meinte: »Ich spüre einen feinen Pulsschlag.«

»Wo ist die Spinne?« rief da die Kröte, die etwas von Organisation verstand. »Sie muß sein angebrochenes Genick reparieren.« Die Spinne, die in der Nähe des Hauseingangs saß, kam herbei. »Was gibt es?«

»Unser Freund, der Maler, hat sich das Genick gebrochen. Du hast doch genug klebrige Fäden, um den Schaden zu reparieren?«

»Er braucht vor allem einen festen Verband um den Hals«, sagte die Schlange nun auch zur Spinne, »und von mir«, setzte sie stolz hinzu, »bekommt er heilendes Schlangengift, das ihn wieder ins Leben zurückruft.«

»Und mein Gift?« fragte die Kröte. »Ist das nichts wert?« »Nein«, antwortete die Schlange etwas verächtlich, »das macht höchstens braune Flecken.« Da schwieg die Kröte.

Die Spinne, so groß wie eine Kinderhand, weil sie in Ruhe lebte und sich reichlich ernährte, machte sich an die Arbeit. Die Fäden liefen ihr unglaublich schnell aus dem Kiefer. Bald hatte sie eine schöne, feste braune Schale um den Hals gewoben.

Nun kam das Schlänglein, legte seinen Kopf auf die Lippen des Malers, züngelte ein paar Mal, um die Richtung zu treffen, und spritzte ihre belebenden Gifttropfen in seinen Mund. »Aber sie wirken erst in einigen Stunden. Wir müssen den Maler wegschaffen, bevor sie ihn zur Beerdigung holen wollen.«

Alle drei, Kröte, Spinne und Schlange, saßen neben dem regungslosen Mann am Boden und wußten nicht mehr weiter.

Da tönte auf einmal das Haus mit seinen Wänden: »Auch ich bin ein Freund des Malers. Er hat mein Alter, meine Gebrechlichkeit und meine häßlichen Flecken schön gefunden! Ich werde ihm helfen ... Ich habe gute Verbindungen zu Wind und Wolken. Sie werden ihn auf meine Bitte hin in seine Heimatstadt, nach der er sich so sehnt, tragen.«

Kaum war die Baßstimme des Hauses verklungen, erschien ein weißes Wolkenband am Himmel, erhob sich ein starker Wind, der den Maler samt Rucksack und Bildrolle in einem Wirbel erfaßte, zur aufgesprungenen Haustür hinaus fegte und auf die Wolkenbrücke trug.

Stunden später erwachte der Maler, auf einer Wiese liegend, in der Nähe seines eigenen kleinen Hauses und hörte, wie seine Tochter »Papa, Papa!« schrie und sich voll Freude in seine Arme warf. Dann sah er seine Frau in der Nähe stehen, und sie wischte sich mit der Schürze die Augen. »Bist du endlich wieder zurückgekommen?« sagte sie. »Du hast mir sehr gefehlt!«

Und er setzte sich auf, kramte in seinem Rucksack, holte die blinkenden Goldtaler hervor und gab sie ihr. Aber seine Frau blickte nur auf seine beweglichen Hände: »Du kannst wieder malen!« rief sie, »dann wird alles, alles wieder gut!«

Inzwischen wollten die Totengräber den toten Maler aus dem baufälligen Haus zum Friedhof bringen. Aber es brach ein so schweres Gewitter los, daß sie es verschieben mußten. Das alte Haus, das eine gute Verbindung zu Wind und Wolken hatte, sprach zum Wind: »Ich bin wahrhaft alt und hinfällig. Mach ein Ende mit mir, bevor die Menschen ihre Spitzhacken in meinen Leib schlagen!«, und es schwankte und ächzte und ließ einige Mörtelbrocken auf die Erde fallen.

Und der Wind wurde zum Sturm und umtanzte das Haus in wildem Brausen, riß die Fensterläden auf, daß sie klappernd aus den Angeln sprangen, und schleuderte die Ziegeln vom Dach auf die

Straße. Dann gab es ein Knacken, ein Krachen, einen Feuerblitz, Flammen schlugen hoch, gebrochen sank das Haus in sich zusammen. Die falllenden Ziegel der bemoosten Mauern häuften sich auf wie zu einem Hünengrab.

Den Bürgern der Stadt, die diesen gespensterhaften Untergang aus der Ferne miterlebten, lief ein Schauer über den Rücken. Als sie am nächsten Tag die Leiche des Malers aus den Trümmern holen wollten, fanden sie keine Spur mehr von ihm. Verwirrt schüttelten sie den Kopf und murmelten: »Es war uns immer unheimlich – dieses Haus ... armer Maler, Gott sei seiner Seele gnädig!«

Das Märchen vom Falkenstein

*I*m Bayerischen Wald, nahe Regensburg, steht auf einem Berggipfel eine alte Burg. Merkwürdig geformte graue Felsen, hohe, dunkelgrüne Tannen und mächtige Buchen mit zartgrünem Laub umgeben sie.

Dort, auf einem hohen Felsengipfel, ließ sich ein Falkenpaar nieder.

Es war ein prächtiges Vogelpaar mit mächtigen Schwingen, lebhaft funkelnden Augen, scharfen Schnäbeln und starken Krallen. Ihr schwarzes Gefieder glänzte in der Sonne wie metallisches Gold, und die Dorfbewohner bewunderten die Falken und nannten den Felsengipfel »Falkenstein«.

Eines Tages geschah es, daß ein fremder Jäger in dieses Waldgebiet kam. Zu der Zeit brütete die Falkin gerade im kunstvoll geflochtenen Horst. Sie dachte an die kleinen Falken, die bald, flaumigen Federbällchen gleich, auskriechen würden, und ihr Herz war voll Freude und Dankbarkeit.

Sie ließ den Blick über Felder und Wiesen schweifen, über denen ihr Gefährte im Morgenlicht seine kunstvollen Kreise zog. Jedesmal, das wußte sie, brachte er gute Beute heim: eine Maus, einen Maulwurf oder sogar ein junges Kaninchen.

Der fremde Jäger erblickte den Falken am Himmel, und ehe er noch recht überlegte, hatte er das Gewehr an die Wange gelegt und abgedrückt.

Ein Schuß ertönte.

Und der prächtige Falke stürzte senkrecht wie ein Stein aus der Höhe des Himmels zur Erde.

Mit jähem Erschrecken hatte die brütende Falkin dies wahrgenommen. Ein heißer Schmerz durchzuckte ihre Brust, ein krächzender Laut drang aus ihrer Kehle, denn sie wußte, daß der Vater ihrer Kinder tot war. Und der Schmerz verkrampfte so ihr Herz, daß es augenblicklich zu Stein wurde.

Nicht lange danach krochen die kleinen Falken aus, und alle hatten Herzen aus Stein.

Als aber der letzte kleine Falke aus dem Ei auskroch, rannen der Falkin plötzlich Tränen aus den Augen, denn der jüngste sah seinem Vater ähnlich, und als die Tränen seine Flaumfedern benetzten, verwandelten sie sein steinernes in ein lebendiges fühlendes Herz!

»Du sollst ›Herzeleid‹ heißen«, sagte die Falkenmutter wehmütig, »denn wenn ich dich ansehe, muß ich an mein Herzeleid denken.« Seine Brüder jedoch nannte sie »Hackschnabel«, »Krallenfuß« und »Flügelschlag«, denn sie waren von Geburt an hartherzig und selbstsüchtig.

Die jungen Falken wurden täglich größer und kräftiger, die arme Falkenmutter aber magerer und schwächer, denn sie mußte allein das Futter für alle herbeischaffen. Mit kurzen Unterbrechungen war sie immer unterwegs und wußte nicht, was im Horst vorging.

Die Falken aber stritten sich, hackten und bissen einander. Hackschnabel, Krallenfuß und Flügelschlag hatten es besonders auf Herzeleid abgesehen, denn sie bemerkten, daß die Mutter ihn vorzog.
So kam es, daß sie ihn eines Tages über den Rand des Nestes stießen und er in die Tiefe der Schlucht stürzte. Flatternd landete er auf einer hohen Tanne, die am Rande einer Wiese stand.
Er wäre verhungert und umgekommen, wenn er nicht unerwartet Hilfe gefunden hätte.

Ganz in seiner Nähe sah er ein Mädchen auf einer Decke sitzen. Es hatte ein rotes Röckchen an, das Köpfchen voll blonder Locken und Augen blau wie Vergißmeinnicht.

Als der junge Falke das kleine Menschenkind beobachtete, kam die Mutter des kleinen Mädchens.

»Gaby«, sagte sie, »hier hast du ein Becher Milch und etwas zu essen. Iß das, bis ich vom Feld zurückkomme.« Denn die Eltern waren arm und mußten ihr Brot bei fremden Leuten verdienen.

Kaum war die Mutter des Kindes gegangen, hüpfte der Falke, zerzaust wie er war, aus seinem Versteck hervor zur Decke hin, und pickte sich ein Bröcklein Essen nach dem anderen vom Teller. Danach blieb er auf der Decke sitzen, indem er mit schräggestelltem Kopf und blanken Augen das Mädchen ansah.

Gaby schrie nicht und hatte auch keine Furcht, obwohl er einen spitzen gebogenen Schnabel hatte und größer als eine Taube war. Ihr gefiel der zutrauliche Vogel mit seinen weißen Brustfedern und hellen Augen, und sie streichelte seinen Kopf, was er sich von ihr gefallen ließ.

Beide wurden gute Freunde. Der Falke kam täglich aus seinem Versteck in der hohen Tanne herabgeflogen, und sie speisten zusammen, wenn Gabys Mutter das Essen gebracht hatte.

Gaby wurde größer, lernte laufen, und der Falke begleitete sie von Baum zu Baum hoch oben in der Luft.

Als Hackschnabel, Krallenfuß und Flügelschlag diese Freundschaft entdeckten, waren sie außer sich.

»Dein Liebling Herzeleid hat eine Freundschaft mit einem Menschenkind!« meldete Hackschnabel der Mutter, »Was sagst Du dazu?«

»Ich verdamme es«, erwiderte die Falkenmutter zornig, »mein Herz ist noch wund von Schmerz, wenn ich an den Tod eures herrlichen Vaters Odilo denke!« Sie konnte es den Menschen nicht verzeihen, daß sie ihr den Gefährten genommen hatten.

»Die Augen müßte man ihnen aushacken!« krächzte Hackschnabel.

Herzeleid empfand jedoch keine Feindschaft gegen die Dorfbewohner. Gott hatte ihm ein gütiges, versöhnliches und gerechtes Herz gegeben. Er wußte, daß der schuldige Jäger nicht aus dieser Gegend stammte.

Die Falken vom Falkenstein aber wurden immer wilder und angriffslustiger. Anstatt ihrer Beute nachzujagen, fielen sie über den nahegelegenen Hühnerhof eines Bauern her und holten sich dort immer wieder ihre Mahlzeit. Die Dorfbewohner fingen an, sich vor ihnen zu fürchten.

Als Hackschnabel eines Tages den kleinen Sohn des Bürgermeisters angriff, warf sich Herzeleid mit aller Kraft dem Bruder entgegen, kämpfte mit ihm, daß die Federn flogen, so daß das Kind sich retten konnte. Die Angst vor den Falken vom Falkenstein wurde so groß, daß die Menschen aus der Gegend flohen.

Nur die Eltern von Gaby waren ohne Furcht, denn sie wußten, daß Gaby von einem Falken beschützt wurde.

Die Falkenmutter aber triumphierte: »Wir haben die Menschen vertrieben! Du, Hackschnabel, bekommst einmal den Horst Falkenstein auf dem Felsengipfel, von wo aus du das ganze Jagdgebiet übersehen kannst. Denn so angriffsfreudig und hartherzig wie du ist sonst keiner! Herzeleid mit seinem weichen Herzen soll sich schämen!«

Da flog Herzeleid auf den Wimpfel der hohen Tanne und war sehr traurig, denn er hatte seine Mutter sehr lieb.

Es war ein milder Abend. Die Sonne sandte ihre letzten Strahlen auf die Felsenspitze. Hackschnabel, Flügelschlag und Krallenfuß saßen gesättigt im Horst. Die Falkenmutter machte einen letzten Rundflug, um vielleicht noch eine Fledermaus zu erhaschen.

Plötzlich ertönte ein Schuß!

Herzeleid erschrak und sah, wie seine Mutter, die Falkin, vom Himmel in das Walddickicht stürzte.

Er machte sich sogleich auf die Suche nach seiner Mutter, die vielleicht nur verletzt war, konnte sie aber nirgends finden. Den ganzen Abend und die ganze Nacht suchte er. Endlich beim Morgengrauen hörte er ihren klagenden Ruf.

Die Mutter aber rief: »Hackschnabel, Krallenfuß, Flügelschlag!«..., ihn vergaß sie. Da flog er zu den Brüdern und brachte ihnen die Nachricht. Die Brüder mit den steinernen Herzen hatten es jedoch nicht eilig, der Mutter, die mit durchschossenem Flügel dalag, zu Hilfe zu eilen.

Als der Tag nutzlos verstrichen war, flog Herzeleid wieder zur Mutter, die schon ganz schwach war. Dann flog er zu Gaby, pickte solange ans Fenster, bis sie ihn verstand, etwas Essen holte und ihm in den Wald folgte.

Da sah sie die prächtige Falkin mit blutigem Flügel am Boden liegen, kniete neben ihr nieder, und schob ihr sanft ein Bröcklein Essen nach dem anderen in den Schnabel.

Immer aber, wenn die Falkin einen Bissen zu sich genommen hatte, spürte sie ein seltsames Ziehen in ihrer Brust. Als Gaby ihren Kopf zart streichelte, wurde ihr ganz warm ums Herz.

»Mein Herz ist wieder lebendig geworden«, dachte sie überrascht, und sie erkannte mit einem Mal die Hilfsbereitschaft von Herzeleid und die Herzlosigkeit seiner Brüder.

Am Abend des dritten Tages packte die Altfalkin ein heftiges Fieber, und sie fühlte, daß sie sterben würde. Da rief sie ihre Kinder, die Falken, zu sich unter die Tanne, wo sie auf Moos gebettet lag.

»Ich gehe nun von euch in den Himmel der Vögel, wo ich euern Vater wiedersehen werde«, sagte sie. »Herzeleid war der einzige, der mir in meiner Not zur Hilfe kam. Ihr anderen seid hartherzig von Geburt – ich will es euch nicht verdenken. Zieht hinaus in die Welt und lernt das Leid von anderen fühlen, bis auch euer Herz mitfühlend wird. Herzeleid, der Freund der Menschen, soll von jetzt an auf Horst Falkenstein herrschen!«

Ein letztes Mal richtete sie sich auf. »Denkt daran, steinerne Herzen sind ein Fluch! Nicht eher werdet ihr zu Glück und Frieden kommen, ehe ihr nicht ein fühlendes Herz habt.«

Da erhoben sich die hartherzigen Falken mit einem Klageschrei und verließen den Horst Falkenstein. Nur Herzeleid blieb.
Die Dorfbewohner kehrten zurück, nachdem die gefährlichen Falken die Gegend verlassen hatten. Den Falken Herzeleid aber liebten sie, weil er mit dem Einsatz seines Lebens um das Kind gekämpft hatte, und sie setzten ihm auf einem Granitfelsen ein Denkmal aus Bronze.

Und der Falke aus Bronze mit ausgebreiteten Flügeln auf der Spitze eines Felsens ist auch heute noch im Bayerischen Wald, in der Nähe einer Burg, zu sehen.

Gespensterbäume

*I*n einer Kleinstadt am Hang eines Berges fand ein frohes Weihnachtstreiben statt. Christbaumschmuck glitzerte, heiße Maronen und gebrannte Mandeln dufteten, Bratwürste dampften, Tannenkränze leuchteten mit gelben Kerzen und roten Schleifen, Ketten, Ringe und Armbänder funkelten, perlenbesetzte Angora-Pullover, seidene Schals und gestickte Täschchen flimmerten. Die Stimmung war angeheizt. In der Hauptstraße, von Buden eingeengt, drängte sich die Menschenmenge, eingequetscht wie in einen Schlauch, wogte sie hin und her.

Aber wer den abschüssigen Weg aus der Stadt heraus nahm, an dem die Kirche mit ihrem Vorplatz und der abschließenden Mauer lag, kam an fünf Bäumen vorbei. Knorrig und schwarz standen sie da. Ihre blattlosen Kronen ragten finster in den Abendhimmel, und ihre Zweige, die sie über den Gehweg streckten, sahen aus wie Tentakel fleischfressender Pflanzen.

Diese Bäume waren Gespensterbäume, die der Teufel selbst gepflanzt hatte, um an die Bürger dieser Stadt besser heranzukommen.

Sie hatten die Eigenschaft, alle fünf Jahre um die Adventszeit drei Menschenseelen einzufangen und sie zu richten. Bedingung war jedoch, daß die Opfer vorher vom giftigen klebrigen Saft der Zweige getroffen wurden.

Dieses Jahr traf es ein blutjunges, braunlockiges Mädchen, als es sich des Abends, in traurigen Gedanken an ihren treulosen Freund, an die Mauer unter den Gespensterbäumen lehnte. Aus Kummer über ihre vergebliche Liebe nahm sie keine Speisen mehr zu sich, und auch die Bitten der Eltern halfen nichts. So wurde das magersüchtige Mädchen zum ersten Opfer der Gespensterbäume.

Der zweite, der in den Adventstagen in Gefahr geriet, war der stellvertretende Bankdirektor. Seit Jahren arbeitete er unermüdlich auf seinem Posten, ohne je Anerkennung zu finden. Vergeblich hoffte er, selbst Bankdirektor zu werden. Das erfüllte sein Herz mit so großer Bitterkeit, daß er erkrankte. So kam es, daß er auf dem Nachhauseweg in einem Schwächezustand unter den Gespensterbäumen stehenblieb und die Zweige des giftigen klebrigen Saftes auf ihn tropften. Damit war er zum zweiten Opfer ausersehen.

Dritter Todeskandidat wurde ein 65jähriger Mann, schwarzhaarig mit Glatze und buschigen Augenbrauen: der frühere Hausdiener des Grand-Hotel, das seit Jahren geschlossen war. Er übte dort in der Erdgeschoßwohnung einen Handel mit Antiquitäten aus und – wie man sich zuflüsterte – auch mit Waffen! Auf diese Weise hatte er ein schönes Sümmchen zusammengebracht.

Auch er fand sich zu Advent unter den Gespensterbäumen ein, da er hier in der Dunkelheit ein gutes Geschäft abschließen wollte. Ihn trafen als dritten, ohne daß er es bemerkte, die giftigen klebrigen Tropfen der Zweige. So wurde er zum dritten Opfer bestimmt.

Alle drei von den Gespensterbäumen ausersehenen Menschen hatten nachts einen merkwürdigen Traum. Ein dürrer Mann mit Bart trat aus einem Baum heraus und fragte: »Wie stellst du dich zu deinem Tod?«

Das Mädchen weinte und sagte: »Mein Freund, den ich über alles geliebt habe, hat mich verlassen. Ich will sterben!«

»Hast du einen besonderen Wunsch?« fragte der Greis.

»Ja«, sagte es, »ich möchte, daß mein Leichenbegängnis mitten durch die Stadt geht, damit alle Leute an mich denken, und auch mein Freund um mich weint.«

Der dürre Alte fragte auch den stellvertretenden Bankdirektor: »Wie stellst du dich zum Tod?«

Und der Stellvertreter antwortete: »Ich schufte und schufte und erreiche nichts! Noch immer bin ich nur ein Handlanger des Chefs. Ich bin es leid. Ich wünsche mir den Tod!«

»Hast Du einen besonderen Wunsch?« fragte der Dürre.

»Ja«, erwiderte der Gefragte, »ich will schnell und schmerzlos sterben.«

Auch dem früheren Hausdiener erschien der Alte. »Wie stellst du dich zum Tod?« fragte er ihn.

Der Hausdiener fuhr auf: »Mein Leben ist doch erst schön, seit ich genug Geld habe, um es zu genießen. Ich will nicht sterben!«

Da wußten die Gespensterbäume, daß sie sich für den Hausdiener etwas einfallen lassen mußten.

*

Das junge Mädchen starb für alle überraschend am zweiten Adventssonntag. Sie schlief so sanft ein, daß die Eltern zuerst gar nicht merkten, daß sie tot war. Dann aber weinten und klagten sie zum Erbarmen.

Der stellvertretende Bankdirektor, der in der ersten Adventswoche noch die Kunden beraten hatte, fiel plötzlich in der zweiten Adventswoche in der Bank tot um.

»Herzinfarkt!« sagten seine Kollegen, »eigentlich ein schöner Tod!«

»Schade um ihn«, meinte der Direktor, »er wird mir fehlen.«

Der alte Hausdiener, der dritte auf der Liste der Gespensterbäume, dachte nicht ans Sterben. Aber der Traum hatte ihm Angst gemacht.

»Ich will noch etwas vom Leben haben«, polterte er, »ich will, in drei Teufels Namen, noch eine junge Frau ins Bett! Wozu habe ich denn gelebt?«

Ein Einbrecher aber bekam plötzlich Lust auf das Geld des Alten und schlich sich über die Garage in das Grand-Hotel ein. Als der Hausdiener dem Geräusch nachging, streckte der Einbrecher ihn mit zwei Kopfschüssen nieder ... Mit dem Tod des Hausdieners war auch die dritte Menschenseele für die Gespensterbäume bereit.

*

Mit einem peitschenartigen Knall ihrer langen dünnen Zweige fingen die Gespensterbäume die Seelen der Verstorbenen ein. Sie zitterten am ganzen Stamm vor freudiger Erwartung. »Endlich können wir wieder über drei Seelen zu Gericht sitzen, die vergangenen Jahre waren wirklich langweilig!«

Besonders freuten sie sich auf mögliche Missetäter, weil es eine schwierige, aber spannende Aufgabe war, für deren sündhafte graue oder graufleckige Seele eine passende Bestrafung zu finden.

Als erstes betrachteten sie mit ihren hundertfältigen Baum-Augen die Seele des jungen Mädchens. Sie schüttelten enttäuscht und etwas ungläubig ihre Kronen, denn die Seele war blütenweiß und ohne Flecken.

»Wie kann das sein?« schrie ein kleiner Zweig, »Sie hat doch ihren Eltern großen Schmerz zugefügt!«

Aber ein alter Ast brummte mißvergnügt: »Das verstehst du nicht: Sie ist aus Liebe gestorben, und was aus Liebe geschieht, gleicht alles andere aus.« Es blieb den Gespensterbäumen nichts anderes übrig, als der Mädchenseele den Weg in himmlische Gefilde frei zu geben. So säuselten sie: »Flieg aufwärts, kleine Seele, werde glücklich!«, und sie strahlten ein warmes bläuliches Licht aus, in dessen Schein die Seele sich wie ein Schmetterling erhob und entschwebte.

Dann nahmen sich die Gespensterbäume die Seele des stellvertretenden Bankdirektors vor.

Nach langem Schweigen knarrte ein großer Ast: »Sie hat drei graue Flecken!«

»Wir können sie nicht mit Flecken in den Himmel lassen!« kreischte ein Seitenast.

»Du kannst nur in den Himmel, wenn du ohne Flecken bist!« sagte ein Zweiglein zur Seele.

»Woher kommen denn die grauen Flecken?« erkundigte sich die Seele bescheiden.

»Neid, Haß und Eifersucht machen graue Flecken!« knurrte der große Ast.

»O weh!« stöhnte die Seele. »Es stimmt, ich konnte den Chef nicht ausstehen. Wenn er mich nur einmal gelobt hätte! Muß ich jetzt dafür büßen?«

Die Gespensterbäume antworteten nicht. Sie schwangen ihre Zweige knallend wie Zirkuspeitschen durch die Luft. »Unser Richterspruch lautet: Drei Jahre am Himmel kreisen, ohne Rast und Ruh! Jedes Jahr zu Advent versuchen, einen Menschen glücklich zu machen. Gelingt dir das, dann verschwindet jedes Jahr ein grauer Fleck.«

»Wie kann ich das?« fragte die Seele verzweifelt.

»Du mußt einem Menschen einen guten Gedanken eingeben! Überleg es dir! Wenn du ohne graue Flecken bist, darfst auch du in die himmlische Glückseligkeit eingehen.«

Mit diesen Worten wirbelten die Gespensterbäume die Seele hoch in die Luft, wobei sie vor Vergnügen über ihren gelungenen Richterspruch feurige Räder in der Luft kreisen ließen.

Anschließend griffen sich die Richterbäume die Seele des alten Hausmeisters.

»Du bist ja grau in grau!« riefen sie mit gespielter Überraschung. »Liebe Seele, was hast du dir dabei gedacht? Dich wird der Teufel persönlich abholen...«, und sie betrachteten neugierig mit ihren glitzernd-grünen Augen die Seele, die vor Geldgier wie mit einem grauen Pelz überzogen war.

Dann schüttelten sie heftig ihre Wipfel, so daß kleine Eiskrusten von den Zweigen sprangen und begannen in richterlicher Strenge: »Unser Richterspruch lautet...«

»Halt!« kreischte ein Gespensterzweig. »Ich sehe eine weiße Stelle!«

»Du hast recht«, sagten die anderen Äste, »es ist noch nicht Hopfen und Malz verloren«, und sie versuchten festzustellen, woher die weiße Stelle auf der Seele des Hausmeisters kam.

Da zeigte es sich, daß er einen gelbgrünen Wellensittich besaß, den er mit großer Liebe und Sorgfalt gepflegt hatte.

»Der weiße Fleck kommt von seiner Tierliebe!« kreischte wieder das Gespensterzweiglein.

»Wir werden den Wellensittich selbst befragen,« brummte die spitze Krone des größten Baumes.

Der Wellensittich hüpfte beim Verhör aufgeregt von einem Bein auf das andere und gurrte: »Ja, der Alte war sehr gut zu mir, nie hat er mich vergessen. Wenn er in die Hölle muß, dann fliege ich mit ihm!«

Als die Gespensterbäume das hörten, machten sie große Augen.

»Täglich hat er mir Wasser für ein Bad nachgefüllt«, zeterte der Wellensittich, »einen kleinen Spiegel hat er mir in den Käfig gehängt, damit ich mich nicht einsam fühle, nachts hat er meinen Bauer mit einem Tuch bedeckt, es morgens wieder abgenommen und mich mit »Guten Morgen, Schätzchen« begrüßt. Einmal hat er mich sogar vor dem schwarzen Kater beschützt, der mit seiner Pfote in meinen Käfig langte ...«

Unter dem eifrigen Gezwitscher des Vogels geschah es aber, daß die weiße Stelle immer größer wurde und am Ende nur noch ein einziger kleiner grauer Fleck auf der Seele übrigblieb.

»Deine Tierliebe hat dich gerettet!« brummten die Gespensterbäume besänftigt. »Unser Urteil lautet nun: Fliege ins Gebirge und rette Menschen aus Bergnot. Wenn Du hundert Menschen auf den rechten Weg gebracht hast, wird der letzte graue Fleck von deiner Seele verschwinden, und sie wird so weiß sein wie der Schnee in den Bergen. Dann kannst auch du im Himmel glücklich werden – glücklicher, als du es je auf Erden geworden wärst!«

Als die Seele des Hausdieners diesen Spruch hörte, verneigte sie sich tief in Dankbarkeit, und in der Hoffnung auf das verheißene Glück flog sie sogleich den Bergen entgegen.

Der Teufel aber, der unterhalb der Mauer auf die graue Seele des Hausdieners gewartet hatte, geriet in große Wut. Und er schrie die Gespensterbäume an: »Habe ich euch deshalb hier gepflanzt, daß ihr wie Betschwestern die Seelen der Verstorbenen vor der Hölle rettet?«

Die Gespensterbäume zeigten sich wenig beeindruckt von seinem Geschrei. Sie gaben keinerlei Antwort, sondern reckten und streckten sich in offensichtlichem Wohlbehagen. Es schien beinah, als ob sie sich über den Ärger des Teufels freuten.

»Undank ist der Welt Lohn!« fauchte der Teufel. »Ist nicht auch der giftige Saft von mir, mit dem ihr die Menschen eingefangen habt?«

«Du hast recht«, knarrte der größte Ast, »wir verdanken dir, daß wir hier sind und Seelen aburteilen dürfen ... du hast jedoch etwas übersehen: wir haben uns in den Jahren, die wir hier stehen, geändert. Als du uns hier gepflanzt hast, waren wir deine Diener, aber jetzt sind wir – du wirst es kaum glauben – zu Himmelsboten geworden!«

»Haha – wie sollte das zugehen?!« krächzte der Teufel hysterisch, wobei sich seine Stimme überschlug.

»Nun, du hast einen Fehler gemacht: Du hast uns in die Nähe der Kirche gepflanzt! Wir hörten all die Jahre die Menschen Gott preisen und danken in Gebeten, Chorälen und Orgelspiel ... Das ist nicht spurlos an uns vorübergegangen! Auch das Glockenläuten hat uns täglich bis ins Mark erschüttert und auf Gott hingewiesen ... der ja auch dein Gebieter ist!«

Der Teufel wurde abwechselnd rot und blau vor Zorn, ergriff seinen Schwanz und biß vor Wut hinein. »So hat der ALTE da oben schon wieder einmal gesiegt ... Aber es wird mir schon etwas einfallen, ich bin nicht umsonst der Teufel!«

Und in einer roten Stichflamme fuhr er zischend in die Erde und war verschwunden.

Die Meerjungfrau

*I*n einem schönen Palazzo an einem südlichen Meeresufer lebte ein junger Mann. Er hatte schwarze Locken, blaue Augen und war ein Träumer. Am liebsten ging er am Strand spazieren, sah auf das Meer hinaus oder er stieg mit einem Netz in ein bereitliegendes Boot und fing buntschimmernde Fische.

Im Palazzo, nahe dem gemauerten Kamin, erhob sich im Erdgeschoß mit einer gläsernen Wand ein riesiges erleuchtetes Aquarium, in dem zwischen Meeresalgen und Gestein sich die verschiedenst farbigen und merkwürdigst geformten Fische tummelten.

Täglich kamen die neu gefangenen Fische hinzu, und abends setzte sich der junge Padrone in seinen bequemen Ledersessel und beobachtete stundenlang das Treiben seiner Schützlinge. Aber je länger er in das Aquarium schaute, um so heftiger wurde in ihm der Wunsch, auch eine kleine Meerjungfrau zu besitzen. Denn seine Nonna hatte ihm oft Liedchen von den Meerjungfrauen vorgesungen.

Und er hatte seine Großmutter gefragt: »Nonna, gibt es wirklich Meerjungfrauen?«

Die Großmutter hatte genickt. »Wenn du groß bist, ein junger schöner Signore, dann wirst du sicher eines Tages eine Meerjungfrau aus den Wellen fischen.«

Diese Prophezeiung konnte der kleine Rinaldo nicht vergessen. Auch als er erwachsen war, dachte er immer wieder daran.

Als er wieder einmal in sein Boot stieg, das einen gläsernen Boden hatte, damit er die Fische im Wasser erkennen und sie mit dem Netz fangen konnte, bemerkte er einen schlanken weißen Leib, weißschimmernde Arme, die sich bewegten, und im Netz den glänzenden Schwanz eines Fisches, der heftig um sich schlug und sich scheinbar verfangen hatte.

In Sekundenschnelle erinnerte er sich an seinen sehnlichsten Wunsch, eine Meerjungfrau zu besitzen, und er wußte: jetzt war der Augenblick gekommen! Er zog den Käscher mit einem Ruck und unter höchster Kraftanstrengung aus dem Wasser – und siehe da: er hatte wirklich eine Meerjungfrau darin!

Aber das junge, weißhäutige, weibliche Wesen, dem blonde Ringellocken über beide nackten Brüste fielen, war gar nicht verschreckt und zappelte auch nicht mehr mit seinem silbergrauen Fischschwanz. Dieses Wesen schaute nur verwundert drein, betrachtete

Rinaldo neugierig mit hellgrünen Augen und leicht geöffneten Mund.

Rinaldo steuerte das Boot ans Ufer, zog das Boot, in dem die Meerjungfrau lässig hingestreckt lag, auf Sand. Dann trat er neben das Wesen, das offenbar nicht ans Fliehen dachte, nahm es auf seine Arme und trug es in den Palazzo. Dort legte er es in seinem geräumigen Schlafzimmer auf das breite Bett, von dem aus man einen herrlichen Rundblick über das Meer hatte.

Die Meerjungfrau ließ alles mit sich geschehen, ohne sich zu wehren. Da umarmte er sie und küßte sie auf ihre vollen roten Lippen. Sie schaute ihn mit großen Augen an, dann schlang sie ihre Arme um seinen Hals und küßte ihn auf den Mund. Im gleichen Augenblick aber vergaß sie das Meer, ihren Vater, den Meeresgott und ihre Gefährtinnen.

Als der alte Diener am nächsten Morgen das Frühstück ins Schlafzimmer brachte und sie sich im Bett aufrichtete, schrie sie leicht auf: sie hatte keinen Fischschwanz mehr, sondern zwei Beine wie ein richtiger Mensch.

Und Rinaldo umarmte sie und sagte: »Du bist jetzt meine Frau!« und sie schmiegte sich an ihn, und beide waren sehr glücklich.

Nachdem ein Jahr vergangen war, bekam Melusine, wie er sie nannte, ein Kind, einen kleinen Jungen.

Doch als Rinaldo seinen Sohn hochhob, sah er, daß dieser statt der Beine einen Fischschwanz hatte. Da erschrak er bis ins Herz und wurde sehr traurig.

Melusine aber frohlockte »Mein kleiner Mariolino gehört zu meiner Familie«, sagte sie und streichelte seinen Fischschwanz, »mein Vater wird sich über seinen Enkel freuen.«

Sie kümmerte sich von nun an den ganzen Tag über um ihr Söhnlein. Vor allen Dingen setzte sie ihn täglich in das Badebecken aus weißem Marmor, das sich neben dem Schlafzimmer befand, und ließ ihn darin nach Herzenslust mit seinem Fischschwanz pantschen.

Er gedieh prächtig, war munter, hatte ein hübsches Gesicht, die dunklen Locken vom Vater und die hellgrünen Augen der Mutter.

Aber die Liebe zwischen Melusine und Rinaldo nahm ab. Rinaldo grämte sich über seinen Sohn, der ein halber Fisch war, und Melusine erinnerte sich wieder an ihre Meeresheimat und bekam starkes Heimweh.

Als Mariolino ein Jahr alt war, aber so klug wie ein sechsjähriger, nahm Melusine ihn mit zum Strand und stieg mit ihm in das gläserne Boot.

»Du bist jetzt alt genug, daß du zu deinem Großvater, dem Meeresgott, schwimmen kannst – denn da gehörst du hin! Wenn du ein richtiger Mensch geworden wärst, hätte ich dich hier bei mir behalten, so aber gehörst du ins Reich des Meeres.« Und sie hob ihn hoch, umarmte und küßte ihn. Dann rief sie über das Meer: »Padre mio, Nettuno, vieni! Hole deinen Enkel Mariolino zu dir!«

Zur gleichen Zeit warf sie eine abgeschnittene Locke ihres blonden Haares ins Wasser. Da erhob sich das Meer in einer großen Welle, rollte heran und nahm das Büblein aus ihren Armen mit sich fort.

Melusine begann zu weinen. »Vater, warum hast du mich nicht auch mitgenommen? Ich habe Sehnsucht nach euch, nach dem Meer.«

Da tauchte der Meeresgott aus den Wellen auf und sprach: »Du bist ein Mensch geworden. Ich kann dich nicht holen, du würdest ertrinken.«

»Was muß ich tun, um wieder eine Meerjungfrau zu werden?« fragte sie schluchzend.

»Wenn du als Mensch dreimal so unglücklich bist, daß du salzige Tränen weinst, dann wirst du wieder eine Meerjungfrau sein und kannst auf immer in deine Heimat zurückkehren.« Das Meer rauschte auf, und der Meeresgott war verschwunden.

»Wo ist Mariolino?« fragte der Vater am Abend, denn obwohl sein Sohn ein halber Fisch war, hing er doch sehr an ihm.

»Beim Baden im Meer haben ihn die Wellen fortgerissen!« sagte Melusine mit rotgeränderten Augen.

»Ich verstehe«, sagte Rinaldo bitter, »der Meeresgott hat seinen Enkel geholt ...«, und er senkte den Kopf.

Von da an herrschte im Palazzo eine traurige Stimmung. Melusine hatte Heimweh nach dem Meer, und Rinaldo sehnte sich nach gesunden Kindern.

Da passierte es, daß er, um ein Kind vor dem Überfahrenwerden zu retten, hinzusprang, vom Lastwagen ergriffen und zerquetscht wurde. Vor Schreck und Kummer war Melusine wie gelähmt, aber trotz ihres Schmerzes: bei menschlichem Leid konnte sie keine Träne vergießen.

Sie war nun allein im Palazzo, hatte nur noch eine weiße Angorakatze, an der sie sehr hing. Wenn sie in deren rosa Augen schaute, verging ihr Leid wie unter einem Balsam. Aber eines Tages hörte sie ein großes Gezeter vor dem Gitter des Palazzo-Parks. Sie eilte hinzu und kam gerade noch recht, um zu sehen, wie ein bulliger Hund ihre Angorakatze zerfleischte.

Sie fiel in Ohnmacht. Der alte Diener, der herbeigeeilt war, trug sie mit einigen Helfern ins Haus. Hier lag sie auf dem Sofa, und als sie wieder zu sich kam und sich daran erinnerte, was passiert war, strömten Tränen aus ihren Augen. Plötzlich merkte sie, daß diese salzig schmeckten.

»Ich habe salzige Tränen geweint!« rief sie aus, und ein Strahl der Freude glitt durch ihr Herz. »Ich brauche nur noch zweimal salzige Tränen zu weinen, dann bin ich erlöst.«

Sie pflegte jetzt nur noch ihren Oleanderbusch. Damals, als Mariolino geboren wurde, hatte sie einen Oleanderzweig eingepflanzt, und dieser war inzwischen zu einem üppigen Busch geworden. Einmal wäre er beinah verwelkt, weil braune Läuse sich an seinem Stamm, seinen Zweigen und seinen Blättern festgesetzt hatten. Aber der Gärtner konnte die Plage beheben. Der Oleander nahm weiter an Größe zu und setzte viele Blütenbüschel an.

Da Melusine von Natur aus abergläubisch war, meinte sie, an den Blütenbüscheln das Wohlergehen ihres fernen Mariolino ablesen zu können.

Eines Nachts kam ein heftiger Sturm auf, und der Strauch, der zwar in der Nähe der schützenden Hauswand stand, wurde trotz seines schweren Kübels durch die Windböen umgerissen. Als nun Melusine am nächsten Morgen nach ihm sah, fand sie ihn zerzaust am Boden liegen – und die Blütenbüschel waren abgefallen!

Sie erschrak sehr, denn sie glaubte, ihrem Kind Mariolino sei ein Unglück geschehen, vielleicht sei er sogar gestorben! Sie ging in ihr Schlafzimmer, warf sich auf das Bett und weinte in die Kissen.

»Ich weine ja salzige Tränen« sagte sie plötzlich. »Das ist das zweite Mal, daß ich salzige Tränen weine ... Vielleicht ist meine Heimkehr doch nicht mehr fern.«

Aber die Jahre vergingen, und Melusine, die ein Fischherz hatte, konnte bei menschlichem Unglück nicht weinen. Ihr Herz empfand nur das Leid von Tieren und Pflanzen.

So lebte sie ungeliebt und unverstanden im Palazzo, denn niemand kannte ihre wahre Natur. Sie wurde mit jedem Tag unglücklicher, sehnte sich nach ihrem Sohn im Meer, nach ihrem Vater und ihren Gespielinnen.

Schließlich ertrug sie es nicht mehr. Als der Mond wieder einmal in ihr Schlafzimmer schien, stand sie auf und wanderte am Strand entlang bis zu den hohen Klippen.

»Ich werde mir das Leben nehmen«, sagte sie vor sich hin, »ich stürze mich von den Klippen ins Meer.« Aber sie wußte, daß sie dann tot war, tot wie ein richtiger Mensch, da sie erst zweimal salzige Tränen geweint hatte.

So saß sie am Rand der hohen Klippen und war so unglücklich, daß sie schluchzend zu Boden sank und vor Müdigkeit und Erschöpfung einschlief.

Als am frühen Morgen die Sonne strahlend aufging, das Meer silbern glänzte und der Himmel sich zartrosa und himmelblau färbte, erwachte sie, richtete sich auf und strich sich das Haar aus dem Gesicht. Da merkte sie, daß sie salzige Krusten auf den Wangen hatte.

»Ich habe salzige Tränen geweint!« schrie sie auf. »Nun bin ich erlöst und kann in meine Meeresheimat zurückkehren.«

Sie eilte in den Palazzo zurück, holte ihr langes festliches weißes Kleid aus dem Schrank, schnitt im Garten die schönsten Blumen ab und machte sich daraus einen Kranz für Hals und Brust. Dann ging sie zum Strand, löste das Boot vom Steg und fuhr hinaus auf das offene Meer.

Als die Dienerschaft am Morgen die junge Herrin im Palazzo vermißte, entdeckten sie das treibende Boot auf dem Wasser und einen Blütenkranz, der daneben auf den Wellen trieb.

»Sie ist vor Kummer ins Wasser gegangen«, sagte der alte Diener betrübt, und die anderen nickten, denn sie wußten nicht, daß sie eine Meerjungfrau war, die in ihr früheres unsterbliches Dasein zurückgekehrt war.

Bücher, die neue Kräfte schenken

Peter Paal · Mut zum Leben
Wie man im Alltag Kraft schöpfen kann
240 Seiten, gebunden. ISBN 3-451-22335-X

Peter Paals persönlichstes Buch, das zeigt, wie man bei den ganz alltäglichen, praktischen Dingen immer wieder den Horizont frei und den Blick geschärft hält für das Wesentliche. Gangbare Wege zu heiterer Gelassenheit.

Peter Paal · Zu den Quellen der Kraft
Das Glück, ganz anders zu leben
240 Seiten, gebunden. ISBN 3-451-22519-0

Ein Buch wie ein Brunnen; unsagbar tief, erfrischend und belebend. Es gibt Antwort auf die Lebensleere, den Überdruß und Überfluß unserer Zeit und zeigt, wie wir die Tiefe wiederfinden können, aus der jeder Mensch letztlich sein Leben empfängt.

Peter Paal · Jede Stunde ist ein Geschenk
192 Seiten, gebunden. ISBN 3-451-22810-6

Peter Paal zeigt, wie das Leben reicher und wertvoller wird, wenn man sich nicht einfach leben läßt. Für alle, die endlich einmal wieder mehr Zeit haben wollen und sich nach nichts so sehr sehnen, wie nach einem Leben mit menschlichem Maß.

Verlag Herder Freiburg · Basel · Wien

Bücher, die Mut machen zum Leben

Peter Paal · Die wunderbare Kraft der Gedanken
Glücks-Erfahrungen
3. Auflage, 240 Seiten, gebunden. ISBN 3-451-21560-8

»Die wunderbare Kraft der Gedanken«, von der Peter Paal aus eigener Erfahrung berichtet, kann Krisen wenden, Gesundung beschleunigen, Licht in dunkle Tage bringen. Eine gehaltvolle Sammlung optimistischer Ermutigungs-Texte.

Otto Betz · Vom Zauber der einfachen Dinge
240 Seiten, gebunden. ISBN 3-451-22334-1

Glückserfahrung ist keine Angelegenheit von Geld und Reichtum. Sie stellt sich vielmehr ein, wenn wir mit mehr Aufmerksamkeit den Zauber der einfachen, vertrauten Dinge wahrnehmen. Ein Geschenkbuch, das einlädt zum Glücklichsein.

Dieter Strecker · Jeder ist fähig, glücklich zu sein
120 Seiten, gebunden. ISBN 3-451-22530-1

Die Widrigkeiten des Alltags sind kein Grund, den Lebensmut zu verlieren – man muß nur mit den Problemen umzugehen wissen. Der Therapeut und Seelsorger Dieter Strecker zeigt, wie man die positiven Lebensenergien freisetzen kann.

Verlag Herder Freiburg · Basel · Wien